KB116115

개척자의
삶

최정옥 수필집

청어 도서출판

개척자의 삶

최정옥 지음

발행처   도서출판 청어
발행인   이영철
영업   이동호
홍보   천성래
기획   남기환
편집   방세화
디자인   이수빈 | 김영은
제작이사 공병한
인쇄   두리터

등록   1999년 5월 3일
          (제321-3210000251001999000063호)

1판 1쇄 발행 2023년 11월 20일

주소   서울특별시 서초구 남부순환로 364길 8-15 동일빌딩 2층
대표전화 02-586-0477
팩시밀리 0303-0942-0478
홈페이지 www.chungeobook.com
E-mail   ppi20@hanmail.net

ISBN   979-11-6855-204-3(03810)

개척자의 삶

최정옥 수필집

작가의 말

눈을 지그시 감고 지난날의 삶을 돌아보건대 내 가슴 한 켠에는 아직도 내 의지와는 달리 주어진 환경에 순응하며 살아내야만 했던 가슴 벅찬 기억이 고스란히 남아있다. 이것은 마치 덜 익은 사과처럼 시고도 떫은맛이라고 표현해야 옳을듯하다. 아니 약간의 달콤함도….

그러나, 고난은 유익이라고 하던가! 그로 인해 웬만한 것들은 넘길 수 있는 면역과 견딜 수 있는 힘이 생겼기에 그나마 오늘의 내가 꿋꿋이 설 수 있다는 생각이다. 그래서 나는 한없는 감회와 감사가 언제나 넘치곤 한다.

또한, 어느 날 갑자기 원치 않는 코로나19로 우리 맘을 조이게 하듯이 언제 또 무슨 이변이 일어날지 어느 누구도 모르는 가운데 살고 있다. 우리는 매사에 예비하고 대처능력을 키워야 한다는 생각과 아울러 나는 여전히 조급해하지 않고 마음의 여유를 가지고 정진하다 보면 반드시 좋은 결과가 나온다는 확신과 신념이 있기에 묵묵히 글로써 모든 이들에게 위로를 주길 원하며 그로 인해 나 자신도 위로를 받으며 앞을 향해 정진할 것이다.

식지 않는 열정을 가지고….

가을이 오는 문턱에서

최정옥

차 례

~

작가의 말 4

제1부 개척자의 삶

개척자의 삶 12

엄마의 화상(火傷) 40

거룩한 수치심 51

시원한 생선 56

나의 나 된 것은 젊은 날의 발자취였다 60

경각심과 대처능력 66

아름다운 삶을 위하여 73

제2부 복댕이 딸

시어머니 1 80

시어머니 2 94

복댕이 딸 98

부모 거울이 되려면 어떻게 할 것인가 102

때 늦은 후회 130

모시옷과 삼베홑이불 134

행복의 샘 137

코로나19로 인한 자가 격리 143

제3부 과분한 스승님의 사랑

성경을 읽게 된 동기 148

행복의 근원 155

충만한 회복의 기쁨 159

친구 이야기 164

웃지 못할 해프닝 169

과분한 스승님의 사랑 173

우리 가족 만세 177

둘째의 서러움 181

제4부 긍정은 축복

긍정은 축복 190

요즘 아이들 195

어느 지나친 자식 사랑 200

엄마는 아이가 가장 좋아하는 장난감이다 205

형들을 둔 아우의 말투 210

재미있는 에피소드 214

좋은 인연 218

내게는 올해가 최고의 해였다 224

해설
야곱의 삶을 닮은 자신감 230

−최정옥 작가의 첫 수필집을 읽고

김철교(시인, 평론가)

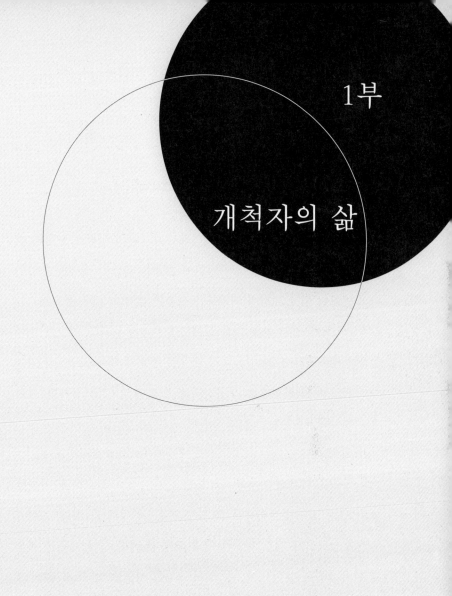

1부

개척자의 삶

개척자의 삶

삶의 진정한 의미

　　우리의 삶은 정답이 없는 것이라고 대부분의 사람은 말하곤 한다. 내 생각으로는 어떤 노력을 하여 성공을 하였든 실패를 하였든 나의 만족이 되고 보람이 되었다면 성공한 삶이다. 비록 풍요롭지는 않아도 그런대로 최선을 다한 삶이기에 후회가 없다면 이것도 또한 성공한 삶이리라. 그러나 노력의 대가로 풍요와 명예를 얻게 되었다 하더라도 마음 한편으로 부족하다고 느낀다면, 결코 행복한 삶은 아닐 것이다.

　　우리는 마음의 과욕을 내려놓는 훈련도 많이 필요하다. 자족한 삶을 사는 것만이 행복해질 수 있는 지름길이 아닌가 싶다. 그러나 아무리 노력한다 해도 말처럼 쉽게 되지 않으며, 사실 마음을 비우고 살아간다는 것은 예사로운 일이 아님은 너무도 잘 알고 있다. 그러기에 이를 극복하고 터득을 한 자만이 곧 자족한 삶을 살 수 있는 자격이 되며 축복을 받은 삶이리라는 생각이 든다.

내가 말하는 자족한 삶이란 그저 되어진 대로 그럭저럭 불만 없이 산다는 의미는 아니다. 항상 우리는 우리 앞에 펼쳐지는 일들을 미리 연습하거나 선택되어진 삶도 아니고 오로지 되어지는 모든 일은 늘 처음이며 그것을 토대로 싫든 좋든 경험을 하면서 사노라면 좋은 날도 있을 수 있다. 시행착오를 반복하면서 나름 어려움도 겪으며 또 견디는 법을 터득하며 살아가는 것이 곧 우리가 생각하는 보통의 삶이라 할 것이다. 그러니 어느 누구를 막론하고 우리는 언제나 예측 불허인 상태에서 모험하며 살아가고 있는 것이라 해도 과언이 아니라는 생각을 해 본다.

어느 정도는 태어날 때 이미 정해진다는 금수저니 은수저니 하는 것은 살아가는데 절대적인 부모님의 보살핌이나, 아니면 친밀한 어느 누군가의 도움으로 인해서 제대로 교육을 받았거나, 그로 인해서 살아가는데 어려움이 해결되었거나, 금전적인 밑받침이 어느 정도는 마련된 배경이 있다는 말일 것이리라.

이런 경우는 요즘처럼 각박한 때에 사회가 급변하고 경쟁시대에서 살기는 점점 어려워지고 더군다나 어려움을 모르고 자란 세대들이라면 소도 디딜 언덕이 필요하듯이 대부분의 사람은 운이 좋은 행운아들이라고 흔히들 생각할 것이다.

그러나 어떤 의미에서는 피치 못할 긴박한 어려운 상황으로 인해서 원치 않았던 고생을 한다손 치더라도 그것이 단단한 면역이 되는 계기가 되어 삶의 의미와 가치를 터득하게 될 수가 있음도 기꺼이 말하고 싶다. 왜냐면 지금까지 살아온 날들보다 앞으로 살아가야 할 길고 긴 여정들이 남아있다고 볼 때 날이 가면 갈수록 많은 지식과 지능 그리고 편리한 모든 문명의 이기들의 기능이 발달을 계속해 나가는 만큼 그에 따른 대가를 지불해야 하는 것들이 수반되어야 하기에 기초가 튼튼하려면 확신하건대 어릴 적의 어려움으로 인한 많은 체험은 삶의 가치 창출의 원동력이 될 수 있다고 믿기에, 젊을 때 고생은 사서도 한다는 말이 생겨난 것이리라.

나의 부모님

나의 부모님은 보통의 부모님들과는 너무도 각각 다른 배경과 환경에서 성장한 분들이었으며 배우자를 맞으면서도 선택의 여지가 없었던 긴박한 상황에서 혼례를 치루고 가정을 이루게 된 분들이었다. 그러기에 우리는 가족 전체가 남달리 혹독한 대가를 치러야만 했던 일들에 대해서는 안타깝지만 불가피한 상황들인지라 수긍을 해야 옳을 것이다.

나는 막내로 태어났기에 부모님에 대해서는 정확히 세세한 부분까지는 아니라도 그동안 나의 어머니와 형제들에게서 틈틈이 들은 것과 우리 가족이 어쩔 수 없이 겪어야만 했던 어려움 등 그리고 그 가운데서도 힘이 들면 힘이 든 만큼 얻어졌던 거룩한 대가들은 돈으로도 살 수 없는 값진 것들이었음을 나의 어머니와 우리 형제들이 성장하는 과정과 결과물을 보고서 느꼈던 부분들인지라 자신 있게 피력할 수 있겠다.

　　아버지 고향은 충청도이시고 최씨 성을 가진 아버지는 옛말에 최씨가 앉은 자리에는 풀도 안 나고 지독하게 옹고집이라고 이름이 나 있듯이 역시 대단한 옹고집의 소유자이셨다. 9척 장승에 모습은 외국인 배우 율 브리너처럼 부리부리한 눈매에 머리는 삭발하시고, 옛날 분들의 말에 의하면 사진을 찍는다는 것은 혼이 빠져나간다는 샤머니즘적인 생각을 하셨기 때문인지 사진이라고는 나의 엄지손가락보다 약간 그것도 누렇게 변한 만화책에서나 나오는 부리부리 박사 모습을 한 사진 한 장이 고작이었다. 그때만 해도 지금처럼 모든 문명의 발달이 늦고 아울러 지식이 없었던 옛날 분이기에 거의가 그런 생각을 많이 했을 거라는 생각에 우습고 황당하지만 이해가 가는 부분이다. 그렇기는 해도 나의 아버지는 유달리 베짱이 두둑하며 정의롭고도 올곧은 성품이셨다고 한다.

어머니는 이북이 고향이시고 아름다운 자태와 늘 조용하시고 인자와 품위를 두루 갖추신 분이셨다. 그러나 내면에는 강하고 다부진 면이 있었으며 한마디로 외유내강(外柔內剛)인 어머니셨다. 어쩌면 이렇게 강한 어머니가 되신 것은 아마도 혼례를 치른 후에 원치 않는 어려움과 고난을 견디다 보니 후천적으로 다듬고 만들어진 부분이 아니었나 하는 순전히 나의 생각이다. 이렇게 남남북녀가 만나게 되어 혼인하게 된 경위는 외가에서 당시 호열자(콜레라)라는 돌림병으로 인하여 절차 없이 혼인을 서둘러 하게 되셨다는 말을 들어서 알게 되었다.

요즘 같으면 웬만한 병은 병으로 알지 않을 정도로 의술이 발달했지만, 그 당시만 해도 돌림병이 돌면 주변의 온 동네가 쑥대밭이 될 정도로 무서운 전염성이 있기에 빚어진 일인지라 양쪽 집은 물론 우리 부모님으로서는 참으로 황당하고 못내 안타까운 일이었을 거라는 생각이 들고 두 분 사이에는 언제나 정서적으로 불안정하셨으리라는 생각도 하게 되었다. 그래서 부모님과 우리 가족의 이야기는 모든 되어진 일들이 마치 흥미진진한 옛날 이야기책에서나 나옴직한 이야기들이란 생각이 들곤 한다.

두 분이 혼례를 치른 후 얼마 되지 않아서 아버님께서는 사업차 이웃 나라인 일본 길에 오르시게 되었다. 이 역시도 보통사람의 정서로는 이해하기가 어려운 부분이라 하겠다. 적어도 혼례 후에는 어차피 부부의 연을 맺었으니 서로를 알기 위한 시간이 필요했을 것이며 한동안은 꿈같이 시간을 보내야만 할 시기에 이런 황당한 일을 결정할 수밖에 없었던 아버님의 뜻이 무엇이었을까를 생각하면 나는 너무도 궁금하였다. 이 부분에 대해서는 아직도 의문이 풀리지 않는 부분이다.

우리말에 십 년이면 강산도 변한다는 말이 있음에도 불구하고 나의 아버님은 무려 14년을 일본에서 지내셨다고 하는데, 그 당시는 어머니가 열다섯 살 되던 해 혼례를 치르셨음에도 서른 살이 되던 해가 되어서야 아버지께서는 일본에서의 사업이 여의치 않게 되고 많은 우여곡절을 끝으로 본국으로 돌아오셔서 새롭게 살림을 꾸리셨다고 한다. 내 생각에 요즘 같으면 남편 없이 기약 없는 십여 년을 살아낼 사람은 아마 아무도 없지 않을까라는 생각을 해 본다. 지금 이 시대는 이혼이 흉이 되지 않는 시대이기에 이 정도면 아마 법적으로도 자동이혼도 가능할 것이다. 그러고도 고루했던 옛날 그 당시의 상황이라고 해도 참고 기약 없는 남편을 기다린다는 것은 좀 모자라거나 부족한 사람이라고 할 것이다.

나중에 안 사실이지만 혼자 있는 며느리가 못내 딱하고 안쓰러워 나의 할아버지께서는 아들을 만나기 위해 물레방아까지 팔아 노잣돈을 마련하여 아들을 만나러 일본 땅을 밟았다. 그러나 결과가 만족스럽지 못했던 파란만장했던 이야기며, 어머니는 아버지를 기다리다 못해 충청도 공주에 있는 모 고등학교의 기숙사 사감으로 일을 하게 되었고 14년 동안이나 오매불망 남편을 기다리던 중 어느 날 남편이 돌아왔다는 소식을 듣는다. 그날로 어머니는 그간에 마음속의 한과 울분을 터뜨리며 이제는 부인으로서 며느리로서 할 일은 다한 것으로 알고 시댁을 떠나가겠노라고 선언하여 모두를 눈물바다로 만든 일이며, 아버지는 그간에 되어진 일을 생각하여 나름대로의 피치 못할 사정과 이유는 있었겠으나 도저히 면목 없어 부인에게 얼굴을 보이지 못하겠다고 부산에 머물고 있을 때 동생인 나의 작은 아버지께서는 계속해서 부산과 형수님이 계시는 충청도에 있는 공주 사이를 오르내리며 두 분을 이어질 수 있도록 주선을 하는 등 그때의 상황을 가히 눈으로 보지 않고서도 일말의 정황들이 돌아가는 스크린처럼 그림이 그려지곤 한다. 결국은 수차례의 간곡한 설득으로 마침내 마음을 굳힌 어머니는 시동생인 나의 작은 아버지를 따라서 남편을 만나러 부산으로 가게 된 이야기는 감동적이면서도 눈물이 나도록 서럽고 마음 아픈 일이 아닐 수 없다.

지금 이 순간까지도 나는 그동안에 이를 악물고 모진 고통을 참아내신 어머니를 생각하면 할수록 두고두고 가슴이 애리다. 어느 작가가 쓴 소설 '여자의 일생'을 읽어보아도 또 어느 누군가의 여자가 한평생 한을 품고 살았던 삶을 들어보아도 나의 어머니처럼 고고하게 삶을 꿋꿋이 지켜내신 분은 드물 것으로 보며 모든 면에서 자식들에게 본이 되어주셨음을 자랑스럽게 생각한다. 아버님은 처음 일본에서 본국으로 나오셔서는 부산을 거쳐 경상도와 나중에는 충청도에서 자리를 잡으셨다는데 그때부터 내리 아들 다섯과 딸 하나인 나를 낳으셨다고 한다.

　　아버지는 앞에서 언급했듯이 어찌나 성격이 강하고 주도적이며 특이하셨던지 그간에 알게 된 일만으로도 가히 짐작이 가고도 남는다. 큰아들은 경상남도에서 낳았다 하여 경남이로 이름을 지었고, 둘째아들은 큰아들이 너무도 순하고 유순하여 늘상 얻어맞고 다닌다고 하여 남자는 늘 이겨야 한다고 승남이로, 셋째아들은 충청도에 와서 낳았다고 하여 충남이로, 넷째아들은 정부가 바뀔 때 낳았다 하여 정부라고 이름을 지을 정도로 나의 아버지는 강하고 특이한 성격을 갖고 있었다고 한다. 물론 지금은 둘째오빠 이름인 승남이란 이름만 놔두고 모두 알맞게 개명을 하였지만 말이다.

이런저런 정황으로 보아서 아버지와 전혀 다른 고고한 성품을 지니신 어머니는 엄청난 마음고생이 크게 뒤따랐을 것이리라 생각을 해보곤 한다. 그러나 그런대로 자식을 무려 여섯이나 낳아가며 그런 대로 행복한 삶을 사셨다고 하는데 그나마도 얼마 지나지 않아서 또 다시 감당키 어려운 시련은 차츰 닥쳐오게 되었다고 한다.

한동안은 잘 나가던 사업이 그 당시의 되어져가는 사회의 변화로 인한 아버지의 사업상의 문제와 건강상의 문제가 어렵게 대두되고 그로 인해서 겨우 되찾은 행복은 물거품이 되어버리고 내가 세 살이 되던 해에 아버지는 어머니와 우리 육 남매를 뒤로하고 세상을 등지고 말았다. 아! 가인단명이라고 했던가. 이때부터는 어머니가 예전에 혼자서 떠나간 남편을 기다리며 살던 때와는 또 다른 의미인 자식들을 위한 거룩한 희생이 시작된 것이다.

큰오빠

이 당시 큰오빠와 막내인 나와의 나이 차이는 14년이었으니까 큰오빠는 열일곱 살이었다. 오빠는 유난히 수려한 인물과 인품을 두루 갖췄으며 명석한 두뇌를 가진 분이다. 오빠는 당시에 대전에 있

는 모 중학교에 입학하여 다니다가 그만 아버님의 일로 형편이 여의
치 못하게 되자 끝내 졸업을 못하고, 오빠는 열일곱 살의 어린 나이
임에도 불구하고 군 입대를 결심하게 되고 공군으로 자원입대를 하
여 스무 살에 제대하게 되었다고 한다. 그 뒤로는 항상 겨드랑에 책
을 끼고 도서관을 다니며 피나는 노력과 공부에 열중하던 모습이 지
금도 눈에 선하기만 하다.

그 당시의 정황으로 봤을 때 큰오빠는 이렇게 갑자기 처해진
난관을 헤쳐 나가보려고 장남으로서의 막중한 책임감과 한없이 밀려
오는 삶의 무게로 얼마나 힘에 겨웠을까를 생각하면 너무나도 마음
이 무너지게 서글픈 일이었다. 졸지에 아버지의 역할을 해야 했던 오
빠는 이때부터 동생들이 각각의 눈앞에 처해진 일들을 스스로 파헤
쳐나갈 수 있도록 아우르지 않으면 안 되는 지경에 놓여지게 되었던
것이다. 이렇듯이 갑작스런 가장의 부재는 일찍부터 우리 형제 모두
를 빠르게 철을 들게 하는 등 강인함으로 무장하게 만든 원인이 되
었을 것이다. 그 당시의 어린 내가 보기에도 큰오빠를 위시하여 우리
오빠들은 집념이 대단한 오빠들이라는 것을 옆에서 보고 늘 느끼며
자랐다.

물론 큰오빠의 모범적인 본보기가 동생들에게 가장 영향을 끼
친 것이 사실이었다. 그러나 이렇게 모진 풍파 역시도 시간이 지남에

따라서 그렇게 힘겹던 문제들이 면역이 되어서인지 또 어떤 어려움이 닥쳐와도 견디는 힘과 능력이 자연스럽게 스며들어 수많은 일을 겪은 후에는 반드시 노력한 만큼의 대가를 취하게 됨도 우리 육 남매는 삶을 통해서 깨달아 알게 되는 좋은 계기가 되었던 것 같다.

그 당시에는 한참 동안 라디오 방송에서 "절망은 없다"라는 인기 프로그램이 있었는데, 모두 이런 방송에 귀를 기울이게 되고 흥미와 재미가 더해갔다. 대부분의 사람은 그 시간을 기다리곤 하였던 기억이 난다. 이때까지만 해도 우리나라의 경제가 활발하지 않은 상태이었고 한참 도약의 발판을 딛고 일어서려는 시기였기에 어렵게 살아가는 사람들이 많아서인지 아마도 나라에서도 어려운 여건 중에 사는 사람들에게 꿈과 희망을 갖게 하기 위한 프로그램을 방영하여 삶의 애환 가운데에서도 좌절만 하지 않는다면 한 가닥의 희망이 있음을 심어주기 위한 의도가 있었으리라고 생각한다. 우리 가족들도 이라디오 방송을 좋아하여서 즐겨서 듣곤 하였는데 감동도 되고 공감이 가는 부분이 많이 있었다. 그러나 나의 오빠들은 가끔 하는 말이 있었다.

"우리가 겪은 일들은 그보다 훨씬 더 혹독하고 힘든 부분이 많았어…"

미국에 사는 오빠들

작년에는 미국에서 살고 있는 넷째오빠 내외가 한국에 나오셨다. 비교적 여유 있는 편안한 얼굴 모습과 자연스런 옷차림에서도 행복과 평화로움이 보였다. 이제는 그간에 열심히 일하고 살았으니 돈 버는 욕심은 이것으로 내려놓고 신앙생활에 힘쓰고 부부가 남은 삶을 여유를 가지고 살겠노라고 한다. 오빠의 말을 듣고는 내 마음이 어찌나 편안하고 좋던지 오빠 내외가 부럽기까지 하였다. 이제 거의 칠순에 가까운 연세이기에 그동안 험한 일을 안 가리고 열심히 일했던 덕분에 이제는 풍족할 정도로 삶이 윤택해진 결과물이란 생각을 해보았다. 미국 생활을 한 지가 근 50년이 넘었으니 이제 모든 것이 이 나라보다는 그곳 생활방식과 모든 것들이 고향처럼 자연스럽게 익숙해져 있으리라. 그럼에도 마음 한구석에는 언제나 내 나라에서 피를 나눈 형제를 잊지 못하는 그리움과 향수 같은 것이 자리 잡고 있으리라는 생각이 든다.

오빠 내외는 비행기 편이 미국에서 한국을 경유하는 일정으로 다른 일행들과 함께하기 위함이라 했다. 그것은 나름의 계획안에는 형제들을 만나기 위한 것을 염두에 두고 있었기에 가능한 일이었고 와서 며칠의 여유를 가진 후에 인천공항에서 다시 합류한 후 여행을 계속 진행하여 계획에 맞는 비행 여건을 선택했으리라 하는 생각이다.

넷째오빠 내외는 며칠 동안 여러 나라를 여행하고는 다시 한국으로 돌아와 큰오빠인 시골 형님을 만나 흡족하고 충분하지는 않으나 그간의 못다 한 정을 나눈 후 서울에서 살고 있는 여동생으로서는 하나뿐인 나의 가족과 오빠 중에 맨 마지막인 다섯째인 막둥이 오빠 가족을 만나서 그동안 지내온 많은 이야기며, 몇 년 전에 결혼한 큰아들(조카)이 딸아이가 둘이고 사진까지 동영상으로 찍은 것을 보여주기도 하고 여유롭게 맛있는 식사를 하며 돈독한 정을 나누며 꿈같은 시간을 보냈다. 그리고 며칠 지난 후에 기약 없이 미국으로 떠나가셨다. 디아스포라의 삶이란…

나는 한동안 섭하고 마음이 허한 것이 서로가 나이가 들었다는 생각을 하니 다시 몇 번이나 만나 볼 수가 있을까 하는 염려와 방정스런 생각을 하기도 하였으나, 일전에는 오빠의 큰아들이 미국의 중학교 교장선생님이 되었다는 소식을 전해와서 감동이며 막둥이 여동생을 위하여 그동안 모아둔 것을 아낌없이 쓰고 싶다고 미국에는 언제 올 수 있느냐는 말에 감동 중이다.

이렇게 한세상을 살아가며 시간과 공간을 넘나들 듯이 하여 순식간에도 세계 곳곳의 소식과 또 여건이 허락되고 맘만 먹는다면 어느 곳이라도 구석구석을 살펴볼 수 있도록 모든 것이 가능하기에 지금의 살고 있는 이 시대가 편리하기도 하고 또 경이롭기까지 하다는 생각이 드는 것이었다. 그저 내가 바라는 것은 오빠 내외의 건강과 조카들이 잘 자라서 각자가 제 몫을 잘 감당하고 행복하게 살면서 바라고 원하는 것을 다 누리고 살았으면 하는 바램뿐이고 온 가족을 위해 열심히 기도를 해야겠다는 생각뿐이다.

올해는 미국에서 사시는 셋째오빠 내외분이 사업상 여러 가지 일처리 때문에 한국에 나오셨다. 이분들은 넷째오빠 내외보다 두세 살이나 나이가 더 들었음에도 불구하고 아직도 일을 즐기며 성취감을 느껴야 만족이 되는 분들 임을 굳이 말을 안 해도 어릴 때부터 받아온 느낌으로도 알 수가 있었다.

나이와는 상관없이 지금도 모든 일에 열정적이고 늘 움직이는 모습은 보기에도 활기가 있고 좋았다. 어쩌면 나름대로 내 자신을 살펴봤을 때 쉴 새 없이 무언가를 추구하고 새로운 것에 도전하는 도전 정신과 그 열정이 나하고도 통하는 면이 있어서 모든 것이 좋아 보이는 건지도 모르겠다. 그러고 보면 같은 부모님에게서 피를 물려받은 한 형제이면서도 모두가 성향이 다르고 생각이 다르고 능력과 가치 기준이 다른 것을 보면 언제나 신기하고 희한할 따름이다.

나는 이 두 오빠인 셋째와 넷째오빠를 볼 때 어느 쪽의 삶이 더 행복하고 나은 삶인지는 판단하기는 어렵다고 말할 수 있겠다. 그것은 욕심을 더 이상 안 부리고 마음을 비우며 높은 곳에 뜻을 두고 행복한 삶을 영위하기를 소망하는 이분들(넷째오빠 내외)은 바로 다름 아닌 바로 위의 형인 셋째오빠가 모든 삶의 터전과 희망의 원동력을 제공한 장본인이기에 이분들이야말로 삶에서 진정한 행복의 의미를 찾아준 공로자임에 틀림이 없음을 의심치 않기 때문이다. 그래서 넷째오빠는 우리 형제 중에서 가장 복을 받은 행운아라고 생각한다.

어릴 때의 삶을 돌아볼 때 (내가 초등시절)도 늘 셋째오빠는 늘 진취적이고 호탕하셨음을 보아서 알았고 그럴 때마다 허한 웃음을 남발한다고 맨 큰오빠는 언제나 걱정을 하시던 일이 생각나곤 한다. 하긴 셋째오빠가 한번 웃으면 온 집안이 들썩일 정도로 쩌렁쩌렁 울려서 참 특별나다는 생각과 어린 마음에도 아마 특별한 사람이 될 거라는 것을 감지하였는데 "충남이 저 녀석은 뜬구름을 잡는 허한 웃음을 웃어서 항상 걱정이다."라고 즐겨서 하던 이 말은 동생을 사랑하는 마음에 맏형으로서 부모 마음으로 돌아가서 하는 사랑의 염려였음을 충분히 알 수 있었다.

소리 없는 개척자들

내가 중학교에 다닐 무렵에는 큰오빠에 이어서 둘째오빠도 공무원이 되셨다. 큰오빠는 군 제대를 하고는 배움이 많지 않았으나 말 그대로 피나는 노력 끝에 법원공무원시험에 합격하신 이후로 둘째오빠도 손위 형으로 인해 하면 된다는 힘을 얻어서 굳은 신념으로 노력한 결과 체신공무원시험에 합격하셨다. 온 동네 사람들은 두 분 오빠의 되어진 일들을 보고 배움이 충분치 않은 상황에서 이러한 일들을 해낸 것은 기적이라고 말들을 하곤 했다.

사실 이런 결과물이 나오기까지에는 말할 수 없는 숨은 노력과 대가를 지불해야 하는지는 당사자들과 희로애락을 함께한 가족들만이 알 수 있으리라는 생각을 한다. 그 당시에는 한참 동안을 큰오빠가 퇴근해서 집에 돌아온다 치면 의례히 온종일 앉아서 공부에 열중하다 보면 혈액순환이 잘되지 않아서인지 잘 걷지 못하는 동생의 손을 잡고 온 동네를 두루 돌아다니며 건강을 챙겨주고 공부에 대한 이야기를 하며 형제간에 우애를 다지는 모습이 눈에 선하다.

이분들로서는 공무원이야말로 최고의 천직으로 알고 학력 제한 없이도 노력만 한다면 실력 하나만으로도 자신들을 인정하여준 이 나라에 오로지 감사하며 나름 자부심을 갖고 살아가고 계신 분들이었다.

손위 오빠들의 말은 언제나 동생들에게 이렇게 말하는 것을 나는 자주 듣곤 하였다. "우리는 배움도 없고 돈도 없고 가진 것이 하나도 없으니 띳띳하고 정정당당히게 열심히 공부하여 공무원시험을 치르라고… 그 외에는 방법이 없다"고….

셋째오빠는 그럴 때마다 결코 그 일은 적성에 안 맞으니 싫다는 표현을 하시곤 하셨는데 이런 오빠에게 위에 두 오빠는 공부가 하기 싫으니까 핑계를 댄다고 핀잔을 주시곤 하셨다. 지금 생각을 해보니 각자가 타고난 기질이 다르고 생각하는 이상과 사고가 다르다고는 하나 셋째오빠는 다른 형제들에 비해서 달라도 너무도 판이하게 다른 면을 겸비하고 있었다.

월남파병

그 당시 셋째오빠는 상고를 졸업하고 얼마 후에 군 입대를 하게 되었는데 얼마 동안은 간간이 집에 편지가 오는가 싶더니 언제부터인가 소식이 끊기고 말았다. 우리 식구들은 훈련이 고되어 그런가 하여 그러려니 언젠가는 소식이 오겠지 하고 기다리자니 너무나 오랜 시간이 지나간다 하던 차에 뜻밖의 엄청난 일이 벌어진 것을 알게 되었다. 어느 날 뜬금없이 월남에서 한국의 장갑중대소속이라며 뜻밖의 놀라운 소식이 날아온 것이었다. 그날에서야 우리 모든 식구는 오빠가 월남전에 자원을 하였으며 마침내 전쟁터로 파병되어 갔다는 사실을 알게 되었다.

셋째오빠가 무슨 마음에서인지는 모르겠으나 집에는 알리지도 않고 이렇게 큰일을 벌이는 통에 온 집안 식구들은 소스라치게 놀라게 되었다. 그도 그럴 것이 이 무렵에 이웃에 사는 오빠 또래의 반장집 아들이 월남전에 출전하였는데 일주일 만에 목숨을 거두었으며 그의 유품이 돌아왔다는 소식을 듣고 모두 경악을 금치 못하고 온 동네가 우울해하던 중이었다.

이렇게 오빠는 모험심과 배짱이 두둑한 면과 그 너털웃음만큼이나 과감하고 용감한 성품이었다. 그동안에 손위 오빠들은 언제나 각박한 상황에서 살아온 탓인지 웬만한 일들은 굳이 모두의 걱정을 덜기 위해 그랬는지 말을 일축해 버린다거나 공연히 말을 했다가 긁

어서 부스럼을 만들지 않을까 하는 마음에서 그랬는지 아니면 남자들의 특유의 타고난 기질 때문인지 정말로 필요한 것이 아니면 말이 없는 편이었다.

아니 어쩌면 귀를 기울여 줄 만한 여유들이 없을 것을 감지하기에 그리고 이미 마음에서 정한 것들을 그르칠 수 있음을 염려했기에 그렇게 말 없는 행동을 했을 것이라는 생각이 들었다. 내 생각에는 아마도 오빠 나름대로의 계산이 있었을 것으로 알고 생각 없이 하는 행동은 아니었을 거라는 것도 나름 감지를 했다.

어머니의 사랑

어머니는 언제나 우리와 똑같이 셋째아들의 밥을 정성껏 담아서 아랫목에 묻어두시곤 하셨다. 아들이 부재중임에도 이렇게 하심은 언제나 가슴에 아들을 품고 있다는 어머니 나름대로의 사랑의 표현이리라는 생각을 하게 되었다. 부모는 열 손가락을 깨물어서 안 아픈 손이 없듯이 아버지 없이 자라는 자식의 안쓰러움이 얼마나 큰데 월남전이라니 도대체 무슨 청천벽력이란 말인가.

어머니는 언제나 일을 마치고 주무시기 전에는 의례히 자식을 위한 기도를 드리는데 그날 밤의 셋째아들을 염려하여 드리는 어머니의 기도는 그 어느 때보다도 절절하였고 기도 중에 소리를 죽이며 한없이 울부짖는 소리를 가슴 조이며 나는 들었다.

기쁜 날

그러던 어느 날(1969년 1월 25일) 몹시 추운 겨울밤! 우리 집에서는 뜨거운 경사가 겹쳤다. 그 하나는 새 생명이 태어나는 기쁨이 있었다

이날 우리 집에 행운을 안겨주려고 태어난 아기는 큰오빠의 첫딸이며 나의 첫 번째 여자 조카였다. 그날 밤 가족 모두는 오랫동안 삭막했던 집안에 여자 조카가 태어난 이날! 모두들 기쁜 마음으로 들떠 있을 때였다. 그리고 또 다른 기쁨은 아무 연락도 없이 월남전에 출전했던 오빠가 또다시 아무 연락 없이 모두를 놀래키며 돌아온 날이었다. 갑자기 등짐을 짊어진 웬 시커멓고 키가 남자가 대문 앞에 불쑥 나타나는가 싶더니 소리로 "엄마~"(유일하게 성장해서도 오빠는 아이처럼 엄마라고 불렀다)하고 언제나처럼 쩌렁쩌렁 울리도록 소리를 지르는 바람에 그 소리가 온 집을 들썩일 정도로 크게 울려서 설마 하는 마음에 모두들 귀를 의심하였으나 이내 셋째오빠라는 것을 알아차리고는 온 식구가 또다시 놀라움과 기쁨에 안정을 찾지 못하는

지경에 이르렀다.

이 경사스럽고 놀라운 일이 그날 밤에 모두 한꺼번에 일어나게 된 것이었다.

이날 우리 온 식구는 날이 새는 줄도 모르고 모두가 놀라고 흥분하여 거의 뜬눈으로 밤을 새웠다. 이렇듯이 오빠에게는 획기적인 그리고 어느 누구도 흉내도 낼 수 없는 홍길동과도 같은 면이 다분히 있었다. 이렇게 하여 군 생활을 마치고 제대를 한 오빠는 두 형이 원하는 것처럼 공무원은 될 마음이 없었기에 또한 형들의 기대에 따르지 못함에 송구스러워하는 것이 역력하였으나 형들은 동생의 뜻을 더 이상 꺾을 수가 없음을 알고 아무 말도 못하고 적성에 맞는 일을 하겠다는 동생의 뜻에 그대로 순응하게 되었던 것으로 알고 있다.

새로운 삶의 터전

서울로 상경한 셋째오빠는 어린 나로서는 자세히는 알지 못하나 여러 기관에서 다양한 일과 교육을 받는다는 얘기를 어렴풋이 들었다.

그 후 여러 해가 지나고 나서 오빠는 미국으로 건너가 자리를 잡았나 싶더니 식구 중에 넷째오빠에게 미국행을 하도록 강하게 권고를 한 것으로 알게 되었다.

넷째오빠는 어린 시절을 교통사고로 병원에 오래 있으면서 치료를 해야 했던 탓인지 오빠 다섯 중에 가장 왜소하고 키가 작았으며 가족들이 생각하기에도 언제나 내심 오빠의 장래 일을 걱정하곤 하던 터이었다. 셋째오빠는 미국에 있으면서도 늘상 그런 동생의 앞날에 대해서 염두에 두고 있었던 것 같았다. 그러기에 식구들 모두는 넷째오빠를 불러들여 미국에서 생활의 터전을 만들어 줌으로 인해서 모두가 한 시름을 놓게 되었다. 또한 더욱이 다행인 것은 오빠 친구의 주선으로 넷째오빠에게 아주 현명하고 지혜로우며 예쁘기까지 한 부인을 맞이할 수 있는 행운을 안겨주었다. 어린 마음에도 난 너무도 고맙고 다행이란 생각을 갖게 되었다.

셋째오빠는 다른 오빠에 비해서 좀 부족하다고 생각되는 동생에게 장래에 되어질 일을 온 식구들의 노심초사 걱정을 하던 것을 해결사 역할을 담당한 공로자였던 것이다. 그래서 나는 셋째오빠가 지금까지도 그렇게 고맙고 자랑스러울 수가 없다.

이렇게 셋째오빠는 손위의 두 형님들이 늘 염려하듯이 특이한 점이 많고도 우리네 보통사람의 정서로서는 이해가 안 가는 부분이 많았지만 우리 가족으로서는 가장 모험적이고 획기적이며 그야말로 투철한 개척자 정신을 겸비한 형제 중의 하나이다.

어릴 적 고생은 사서도 한다는 말이 있는데 나는 그 말은 맞는 말이라고 자신 있게 말할 수 있겠다. 그 말은 곧 살아가면서 예기치 못했던 모든 되어진 일 들을 스스로 경험을 함으로써 실패의 쓴맛과 성취 했을 때의 기쁨을 터득함으로써 힘든 것을 참을 수 있는 면역력도 키우고 진정한 기쁨도 알게 되며 어려움에 처했을 때는 대처능력도 겸비하게 되고 이 험난한 세상을 헤쳐나가는 힘의 원천이 되기 때문이라는 것을 나는 살아가면서 실제의 삶에서 겪으며 느끼고 차츰 알게 되었기 때문이었다.

아니 우리 형제들은 모두가 하나처럼 절망적인 삶에서도 많은 고생스러움의 경험을 통하여 차츰 갈망의 삶으로 옮겨가고 마침내 진정한 삶의 가치가 무엇인지 깨닫게 되면서 희망의 삶을 향하여 전진할 수 있는 용기가 생겼으리라는 생각을 해 본다.

우리는 세상을 살아가면서 그야말로 언제 어디에서 어떤 일이 벌어질지 한 치 앞을 알 수 없는 상황에서 살아가고 있다. 그러기에 어려움이 닥칠 때를 대비할 필요가 있음을 명심하지 않으면 안 되리라 생각한다. 우리가 알고 있는 유태인의 교육 탈무드에서 깨우쳐주듯이 사랑하는 자식에게 맛있는 물고기를 먹게 해주는 것보다는 물고기를 잡는 법을 터득하게 해주는 것이 옳다는 생각을 한다. 그것은 앞으로 우리에게 주어진 많은 날을 살아가는데 삶에 원동력이 될 수 있도록 누군가 방향 제시를 해줄 수 있는 사람이 우리 주변에 한 사람이라도 있다면 그 또한 행운인 것이리라 믿는다.

맨 큰오빠의 솔선의 용기로 학력과는 무관하게 검정고시를 치러가며 열심히 노력한 결과 공무원시험에 합격으로 인하여 우리 가족 전체에게 꿈과 희망을 잃지 않게 하여 열정과 노력의 대가는 반드시 찾아온다는 것을 확인시켜 준 것이 끈이 된 것과 그 감동은 차츰 울림이 되어 둘째오빠에 이어서 아래 동생들에게 귀감이 되고 본보기가 되었으며 지금까지도 우리 형제들은 '가능한 내 돌파구는 내 스스로 노력하여 찾자'는 이런 강인함이 몸에 배어있어서인지 자립심이 투철한 편이며 누구를 걱정 끼치는 일이나 부담을 주는 일은 가능한 하지 않으려 노력한다는 것을 나는 잘 안다.

감성을 배우다

우리 육 남매는 긴박한 생활을 헤쳐나가며 살아온 탓인지 아기자기하거나 부드러움이 좀 결여되고 딱딱한 편인 듯하다마는 그래도 나름대로의 감성적인 면들이 내면으로는 적잖이 겸비하고 있었던 것 같다.

　　내가 어릴 적에는 특히 큰오빠는 틈만 나면 시를 즐겨 외우고 낭송을 하시곤 하였는데 이때가 오빠에게는 아주 힘겨운 사춘기를 겪던 시기와 맞물려서 정신적으로 무척이나 혼란스러웠던 시기였을 것이다. 일찍 아버지를 여의고 힘에 겨운 삶의 무게에 마음 둘 곳 없을 때 특히 시를 가까이하곤 하여 그나마 외로움과 서글픔을 대신 달래지 않았을까 하는 생각이 든다. 그때 우리 동생들은 큰오빠의 낭송하는 소리를 따라서 읊조리다가 자연스레 외워지기도 하고 구슬픈 시가 들려 올 때는 뜻도 모르면서 우리는 눈물을 흘리기도 했던 일을 기억한다. 그때는 몰랐으나 오빠가 즐겨서 낭송했던 시 초혼, 산유화 등 김소월의 시가 대부분이었음을 나중에 알게 되었다.
　　어린 시절에 큰오빠의 영향을 받아서인지 지금도 나랑 세 살 차이가 나는 막내오빠는 지금도 가끔 시를 짓거나 좋은 시를 선별하여 나에게 카톡으로 보내주기도 한다. 이처럼 우리는 나이가 들어가면서도 어릴 적의 순수하고 아름다웠던 추억을 떠올리며 막내끼리의 통하는 면이 있음은 외롭고 어려웠던 시절 큰오빠에게서 일찍이 얻어진 감성의 기운이 묻어난 때문이라는 생각이 든다.

절망은 없다

이렇게 하여 우리 육 남매는 큰오빠(현 법무사)와 둘째오빠(우체국장 역임)는 공무원으로 셋째와 넷째오빠는 미국에서 유통업과 인테리어 사업으로 성공을 하였음을 자부하고 맨 막둥이인 다섯 번째 오빠는 형들이 차츰 형편이 나아져 부모 못지않은 보살핌으로 학업을 계속하여, 그 당시 대전에 있는 명문 중?고등학교를 거쳐 서울대에 합격을 하여 수의학박사가 되는 등 형들에게 고마움의 보답을 톡톡히 하여 수의과학 검역원의 연구원이 되었으며 육 남매의 맨 마지막인 나도 적어도 우리 집에서만큼은 고명딸이라는 귀한 칭호를 받으며 국공립어린이집 원장이 되었고 큰오빠의 영향을 받아서 시와 낭송 및 수필가로서도 나름 내 몫을 감당해 나가고 있다.

거룩한 어머니! 기도의 열매

또 한 가지 빼놓을 수 없는 사실은 하나님은 과부의 기도를 제일 먼저 들어주신다고 성경에서 말씀하셨듯이 우리 육 남매를 성공적인 삶으로 이끌어주신 것은 항상 뒤에서 전능자이신 하나님께 의지하고 긴박한 심정을 오로지 눈물로 간구할 수밖에 없었던 어머니의 기도의 능력이라는 것을 우리 형제들 모두는 너무도 잘 알고 있다. 자식을 위해서라면 물속이라도 불 속이라도 마다하지 않으실 어머니를 우리 형제들은 모두가 존경하며 언제 어디서나 모든 되어진 일마다 감사함을 잃지 않으시는 아름다운 성품을 나는 닮으려 노력한다.

지금도 어려운 일이 있으면 밀없이 남을 돕는 일에 솔선하여 먼저 나서야 한다는 우리 형제들의 말 없는 다짐과 각자 나름대로 실천을 하곤 한다. 그것은 우리가 너무도 어려운 일을 몸소 겪었기에 겪어보지 않은 사람은 그 힘겨움을 모를 것이기 때문이라는 것을 잘 알기에 그렇다. 또 맘먹은 것은 실천에 옮기려 노력하고 제 몫을 훌륭히 감당하는 손위 오빠들의 모습을 보면 나는 언제나 눈물겹도록 자랑스럽다.

일찍 세상을 등지신 아버님!

그렇지만 우리 육 남매를 낳아주시고 꿋꿋하게 개척자의 삶을 살 수 있도록 강인함과 끈기의 기질을 물려주셔서 진정한 삶의 가치를 터득하게 해주신 아버지께 감사하련다.

인자하시고 신앙 깊으신 자랑스런 나의 어머니!

선두주자가 되어주신 큰오빠!

지혜롭고 자상하신 둘째오빠!

용감한 해결사 셋째오빠!

복 많은 행운아 넷째오빠!

마지막에 공부로 빛내준 다섯째 오빠!

온 가족의 귀요미 고명딸인 나!

우리 가족! 모두 모두 사랑합니다. 파이팅!!

엄마의 화상(火傷)

나의 유년 시절은 그리움이기도 하지만 되돌릴 수 없기에 슬픈 기억으로 가득하다. 그러나 가끔 가슴 한 켠에 묻어두고 잊지 못하는 그 시절의 아름다웠던 일이나 가슴 아렸던 일들을 눈을 감고 떠올리면 어느새 그 시절 순간순간의 일들이 스크린 되어 돌아가고 나는 어린 날의 회상에 빠져든다.

60년대 초반까지만 해도 우리나라는 일제의 강점기와 전쟁 이후의 소용돌이 속의 잔재로 인하여 정치, 경제, 사회적으로 여러모로 어려운 상황에 처해 있었으며 특히 좀 더 풍요로운 삶의 터전을 마련하고자 정부에서도 무진 애를 쓰던 때였다. 그 시절에는 주변 환경과 상황들이 지금처럼 복잡하지도 또 번화하지도 않았으며 특히 내가 살고 있던 마을은 고작 손으로 셀 정도의 고만고만한 집들이 듬성듬성하게 마을을 형성하고 있었다. 내가 태어나고 어린 날을 보낸 이곳은 충청에서도 작고도 아름다운 솥점마을이다.

어릴 적 기억에는 대문 밖 작은 신작로에는 간헐적으로 지나다니는 소달구지도 보이고 짚으로 만든 모자를 쓴 마부들이 말 등에

짐을 지우고 지나는 모습도 보이곤 했다. 집 주변에는 논과 밭들이 대부분이었고 오빠들과 가까운 실개천에서 첨벙대고 마구 뛰놀던 기억과 저녁이면 개똥벌레를 잡아 노란 호박꽃에 넣고 호롱불을 만들어 들고 다니며 놀던 기억이 새롭다. 그러고 보니 내가 살던 이 마을은 아주 오래전부터 유난히 한적하고 소박한 마을이었나 보다 온 식구가 오순도순 살면서 한 번도 이사한다거나 이 마을을 떠나본 기억도 없으며 성장하여 내가 결혼을 할 때까지는 솥점 마을은 어린 나에게 우주와 같은 존재였다. 지금은 그런대로 발전을 거듭하여 옛 모습은 거의 찾을 수가 없지만, 그래도 어쩌다 친정마을에 가면 어느새 옛일들이 아련하게 주마등처럼 지나가고 그 당시의 상황들이 그림이 그려져 이내 내 입가에는 미소와 글썽임으로 허한 마음을 달래보곤 한다.

솥점마을에서 부모님과 오빠 다섯, 나, 이렇게 여덟 식구는 오순도순 행복한 삶이었으나 내가 세 살 되던 해에 아버지가 병으로 돌아가셨기에 일곱 식구가 되었고, 집안 사정은 점점 경제적 어려움으로 고난의 삶이 시작되었다. 그로부터 많은 날이 지나고 초등학교 저학년으로 기억한다. 나는 키가 뻘쭉 컸지만 빼빼 마르고 목이 유난히 길었으며 매사에 조심성이 없고 일을 잘 저질러서 때마다 혼줄도 많이 나는 거친 왈가닥 소녀였다. 엄마는 그런 나를 덜렁거리고

얌전하지 못하다고 선머슴이라고도 하고 들꿩이라고 부르곤 했다. 그럴 때마다 오빠들은 엄마에게 평소에 즐겨서 하는 말이 "엄마 너무 그러지 마세요. 목이 긴 우리 옥이는 외국 어딘가에서 태어났으면 제일가는 미인이었을 거에요. 그곳은 목이 길수록 미인이래요." 이렇게 나의 오빠들은 여섯 번째로 태어난 나를 엄마에게 지청구를 들을 때마다 위로도 할 겸 놀림감이 되기도 했으나 늘 귀여움도 많이 받고 자란 것은 사실이다. 그래서인지 지금도 나는 공주병이 좀 남아 있지 않나 하는 생각이다.

언제나 저녁이 되고 해가 뉘엿뉘엿 질 때쯤이면 마을의 여기저기 집집마다에는 굴뚝에서 연기가 너울너울 피어오르기 시작하고 일을 나갔던 가장들은 하나둘씩 집을 향하여 모여들고 집집마다 호롱불로 어둠을 밝히는 집들이 대부분이었다. 그나마 전선 하나에 여기저기 선이 연결되어 전깃불을 켤 수 있는 몇몇 집에서는 어김없이 자기네 집에도 불을 켤 수 있게 해 달라는 귀에 익은 순덕 할아버지의 쩌렁한 목소리가 선명하게 들리고 어디선가는 간간이 아이 엄마가 놀던 아이를 집으로 불러들이는 소리와 또 우는 아이의 투정을 달래는 등 나름대로 다복한 가정들의 진풍경과 함께 하루의 일과가 마무리되곤 하였다.

우리 집은 추운 겨울날 저녁이 되면 의례히 오빠 다섯 중에 누구랄 것 도 없이 일찍 귀가하는 순서대로 허름하고 어설픈 허청과 같은 부엌으로 들어와서는 청솔가지로 불을 지피곤 했다. 이는 엄마가 장사 길에서 돌아오기 전에 고생하시는 엄마를 위해 오빠들이 해야 하는 매일의 일과 중에 하나인 것이었다. 부엌의 부뚜막 한가운데에는 물이 잔뜩 들어있는 쇠솥이 걸려있었고 언제라도 추우면 불을 지펴야 하므로 누군가 물을 채워 놓은 것이다.

추운 겨울을 지나는 동안에는 반드시 수행을 하지 않으면 안 되는 일이 또 있었다. 그것은 언제나 땔감이 부족 했기에 오빠 중에 누군가는 아니 특히 셋째오빠는 산에서 땔감으로 나무를 구해다가 부엌에 쌓아놓는 일이었다. 마른 나뭇잎이나 갈퀴로 모은 검불로는 늘 부족하여 청솔가지를 줍거나 가지를 쳐서 날라다 쌓아놓곤 했던 것이다. 어느 날은 큰오빠가 불을 지피며 하는 말이 산에는 산감이라고 하는 무서운 사람이 지키고 있음을 동생들에게 말을 해주는 것을 어렴풋이 들었다. 산에 땔감나무를 함부로 베어가는 사람이 산감에게 붙들려갔다는 말도 해주었다. 나무에 붙어있는 생명 있는 나무를 베어서 땔감으로 쓰는 것은 안 된다고, 그것은 사실 불법인 것이라고…. 식구들 모두는 그 모든 것을 알면서도 눈을 감듯이 묵인을 해야 함은 불가피하게 어려운 형편인지라 어쩔 수 없었던 것일 게다.

이상하게도 마르지도 않은 청솔가지는 처음에는 눈물이 나도록 맵고 불이 붙기가 힘이 들지만 일단 불만 붙으면 따다닥 요란한 소리를 내며 아궁이 속에서는 요란한 불 잔치가 벌어진다. 오빠가 다섯에다 여자이면서 막내인 나는 약방에 감초처럼 오빠들 틈에 끼어서 늘 재잘대곤 했는데 특히 아궁이 앞에 앉아서 불을 지피는 오빠들 틈에서 불이 타고 있는 모습을 구경할 때가 나름 행복했던 기억이다. 웬일인지 불이 다오르는 모습을 보면 신이 나고 가슴이 부풀어 오르곤 했다. 불꽃으로 어우러진 오빠들의 붉은 얼굴은 언제나 빛이 났고 좋아보였으며 또 얼굴이 반지르르한 그 모습은 어린 마음에도 재미있다는 생각을 하곤 했다. 특히 생활의 지혜가 많아서 딸처럼 엄마의 일을 잘 도와주는 자상한 둘째오빠는 마르지도 않은 청솔가지 나무가 잘 타는 이유를 말해주었다.

그것은 소나무에는 바로 송진이라는 것이 있기 때문에 불이 붙으면 잘 꺼지지도 않고 오래오래 타는 것이란다. 나무 중간에 관솔이라는 것이 가끔 보이는데 관솔은 송진이 오랜 시간에 걸쳐서 굳어진 것이라 불만 붙기만 하면 그 또한 오래오래 타는 거라고… 오빠는 이런저런 이야기를 하며 부지깽이로 타는 나무를 톡톡 두드리기도 하고 어느 정도 타오르다 불이 잦아들 때쯤이면 다시 청솔가지 나무를 불 위에 올려놓고 달래며 어르기를 조금만 반복하며 기다리다 보면 불은 여지없이 소리를 내며 앞다투어 활활 타들어 가곤 했다.

모든 생활에 지혜가 많은 둘째오빠는 굴뚝에서 연기를 빨아들이기에 불이 잘 타는 것과 더운 열과 연기로 구들장이 더워지기에 방이 따뜻해지며 어떨 때는 강한 역류 바람으로 오히려 굴뚝으로 바람이 타고 들어와서 도로 아궁이까지 불과 연기를 토해낼 수도 있기에 조심해야 함을 혼잣말처럼 간간이 중얼대곤 하던 것들을 나는 옆에서 별생각 없이 끄덕이며 즐겨서 듣곤 하였다. 그래서인지 어떨 때는 아궁이 앞으로 불과 불똥이 튀기도 해서 손등과 얼굴에 약간의 화상으로 따가운 날도 있었다. 그러나 그 약간의 상처 정도로는 우리 모두에게는 별문제가 아니라는 생각들을 갖고 있었다. 이는 그 당시 우리 가족의 힘겨운 생활이 웬만한 어려움은 견딜 수 있도록 면역과 무장이 되어있기에 그럴 것이다.

언제나 오빠들과 함께 불을 지피고 나무가 타고 있을 때는 주변 가득 솔잎 냄새와 아울러 구수한 여러 가지 알 수 없는 풀 맛 같은 냄새로 그득 했다. 나는 언제나 그 각종 풀과 나무로 어우러진 것들의 익숙한 냄새가 괜찮다는 생각을 하곤 했다. 지금 생각해보면 그것은 아마 언제나 속이 채워지지 않아 허기가 진 때문이었다는 생각이다. 우리는 가끔 불이 타는 모습을 바라보고 있다가 이따금 씩 약속이나 한 것처럼 한동안 말이 없어지기도 했다. 이럴 때 우리 모두의 마음속에는 언제나 엄마 생각을 하고 있음을 잘 안다. 해가 넘어가도 돌아오지 않는 엄마를 그리워하며 말없이 꿀꺽 침을 삼키기도 한다. 그럴 때는 침 삼키는 꼴깍 소리가 들리는 것처럼 적막이 흐르곤 했던 기억이다. 그런 날도 엄마는 남의 집 일을 다 마치지 않은 때문이란 것을 모두 알고 있다. 그래서 걱정할 것은 없다. 엄마는 어김없이 알 수 없는 시간에 오셔서는 우리에게 맛난 음식을 해주시기에… 나는 이렇게 거의 매일을 오빠들과 함께 데워놓은 따끈한 방에서 엄마가 해주시는 맛난 음식을 먹으며 그런대로 행복한 밤을 보내곤 했다. 그리고 우리 육 남매 모두는 엄마의 기도 소리(큰오빠부터 여섯 번째인 나까지 호명하며)에 잠이 들곤 했다.

그러던 어느 날인가 내가 밖에서 놀다 돌아와 보니 집에는 아무도 없었고 그날따라 또 몹시 추웠다. 잠시 나는 반짝하고 기발한 생각이 떠오르게 되고 어김없이 이날도 터무니없이 모험심 많은 아니 엄마 말대로 들펑처럼 나대는 나는 이내 오빠들 흉내를 내보기로 마음먹었다. 모두 집에 들어오면 따뜻한 기운을 받도록 해서 칭찬도 받고 놀라게 해주고도 싶었다. 식구들만이 아는 구석진 장소에서 성냥을 찾아 꺼내 들었다. 성냥골을 계속해서 여러 번 그어 당겨 간신히 나무에 불을 지피고도 잘 타들어 가지 않았으나 평소에 오빠들에게서 보아왔던 대로 마른 검불과 나뭇잎들을 살포시 얹기를 계속하니 가까스로 불이 붙더니만 신기하게도 불이 빨려들어 가듯이 잘 타들어 갔다 따닥따닥 요란한 소리와 함께 연기 때문에 눈물이 났지만 나는 마구마구 신이 났다. 한동안 시간이 흐르다 보니 얼굴은 더워지고 불은 점점 더 붉게 타오르고 어느새 가슴도 더워지기 시작했다. 시간이 지나면서 점점 나른하기도 하고 깜빡 졸음이 왔다.

그런데 내가 잠깐 졸려서 멍한 그 순간에 엄청난 일이 벌어지고 말았다. 빨려 들어가기만 하던 연기와 불꽃이 갑자기 사나운 화마가 되어 아궁이 앞에 앉아 있는 나를 향해 덤벼들기 시작한 것이다. 너무도 놀란 나는 급히 몸을 피했지만 이내 앉았던 등 뒤의 나무둥치에도 사정없이 불이 붙기 시작을 했다. 밖으로 뛰어나왔지만 당황하여 정신이 혼미해져 가고 있었다. 주변에는 물도 없고 어찌해야 하는 건지 눈앞이 캄캄해져 왔다. 나의 눈에는 모든 물체가 희미하게 보였다. 내 주변에는 소리를 질러도 들을 사람이 없다. '물이 있어야 불을 끄는데 ….' 연신 부엌에서는 따다다다 요란한 불이 타는 소리가 나면서 밖에까지 연기는 새어 나오고…

몹시 당황한 나는 허둥지둥 양동이 하나를 찾아 들고 샘물을 뜨러 나섰다. 등 뒤에서는 검은 연기가 따라오는 듯하고 집이 타들어 가는 상상과 아울러 걸음은 잘 걸리지 않았다. 그리고 마구 가슴이 뛰었다. 마을 어귀에는 공동 우물이 있었는데 언제나 두레박에는 물이 닿을 만큼 줄에 매달려있어서 줄을 흔들어 두레박이 뉘어지기만 하면 물이 통으로 들어가 곧바로 물을 퍼 올리면 되곤 하는 것을 평소에 보아왔던 터다.

나는 허둥지둥 우물에 도착하여 두레박으로 두 번 정도인가 가까스로 어렵게 퍼 올린 물을 양동이에 담아서는 집으로 돌아오며 속으로 중얼대며 외쳐댔다 '어쩌나 어서 가서 불을 꺼야지 엄마가 아시면 엄청 걱정을 하실거야…' 알 수 없는 시간에 집에 도착하여 정신이 들고 보니 그날따라 언제 돌아오셨는지 엄마가 온몸으로 불을 끄신 후였다. 이날 엄마와 그리고 오빠들은 나에게 혼도 안내고 아무것도 묻지 않았다.

그 일이 있던 날부터 한 동안을 엄마는 불에 데인 다리가 나을 때까지 일도 접으시고 많은 고생을 하셨다. 어리기도 했지만 덜렁거리고 무엇이든 잘 잊어버리곤 하는 나는 문득문득 생각이 날 때는 엄마에게 미안하고 죄송하다는 생각을 했지만 철없던 나는 별 죄책감을 모르고 어린 시절을 보냈던 것 같다. 엄마의 다리에 화상 흔적은 내가 성장하여 많은 시간이 지나서도 남아있었다. 아니 아마 돌아가실 때까지도…

그때 차라리 혼이라도 내주시고 화도 많이 내셨으면 죄책감이라도 덜 할 텐데 생각을 하며 엄마의 화상이 너무도 죄송해서 지금도 울컥 목이 메이곤 한다.

엄마는 사시는 동안 언제나 감사하다는 말을 자주 하셨다. 고생스런 엄마의 모습을 보면서 감사할 여건이 아니라는 생각이 들 때마다 나는 화가 많이 치밀기도 했다.

엄마는 이 세상을 사시는 동안 초인의 힘을 가지신 분이셨다. 여자가 아닌 엄마였기에 그런 힘이 가능했을 것이리라… 내가 결혼을 하고 아이를 낳고 부모가 되어 보니 그 사랑이 절실하게 마음에 와닿았다.

지금도 우리 육 남매의 기억 속에는 엄마는 거룩함 그 자체이다. 그러기에 엄마의 거룩한 희생에 언제까지나 감사함과 죄송함에 우리의 가슴이 더욱 아프고 무너진다는 것을 우리 형제 모두는 알고 있다. 그저 자식이 어렸기에 그리고 집에 가장인 남편이 일찍 하늘나라에 간 것만으로도 자식들이 안쓰럽고 마음 아프게만 생각을 하셨던 것일 게다. 엄마는 아버지가 우리 육 남매를 남겨두고 일찍이 돌아가신 것에 대한 한탄과 넋두리는 일 년에 한 번 아버지의 제삿날로 족하였다. 그날은 그만 좀 그치라는 오빠들의 울음 섞인 성화와 함께 나도 여지없이 따라 울었던 기억이다. 그렇게 서러운 넋두리마저도 없었으면 더 힘이 드셨을 것이다. 그날 이후로 엄마는 여전히 흐트러지지 않은 강한 모습과 고고하고 고운 자태를 자식들에게 보여주셨다.

많은 날이 지나고 우리 육 남매는 과분할 정도로 각자가 제 몫을 잘 감당하는 이 사회의 일원이 되었다

엄마의 간절한 기도로…

지금은 엄마가 하늘나라에 가셨다. 그곳에서도 사랑하는 자식들을 두루 살펴보고 계실

우리 엄마 !

엄마, 죄송해요…

엄마, 사랑해요…

*솥점마을; 대대로 솥을 만들어 팔았던 마을 이름으로 추정

거룩한 수치심

어느 날! 잠을 자는데, 꿈인지 생시인지 비몽사몽 간에 갑자기 무언가 뇌리에 스치는가 싶더니 서러운 마음이 울컥 드는 것이 아닌가.

나는 어느새 가슴이 뭉클하고 코가 시큰하다 싶더니 이내 눈물이 흐르고 훌쩍대기 시작했다. 그리고는 인정사정없이 어릴 적 기억의 보따리가 폭포수처럼 풀어지더니 서러움으로 점철된 가슴을 휘감고 말았다.

내 어릴 적의 한겨울에는 아침에 눈을 뜨면 머리맡에 놓인 작은 그릇의 물이 얼어 있었고 쇠붙이로 된 문고리를 잡으면 쩌억 눌어붙어서는 손을 뒤틀어야만 여닫곤 했던 혹독했던 겨울은 추위도 어찌 그리 추운지 표현하기 어려울 정도였다. 하긴 그때의 상황은 지금처럼 집안에 단열도 제대로 되지 않았고 모든 것들이 허술하여 간신히 생활을 연명해 나가는 형편이라 더욱이 추위도 더 했으리라

이런저런 오랜 기억과 함께 하루하루가 전쟁과도 같은 혼란 속

에 나의 뇌리에는, 수치심으로 점철된 사건들이 도사리고는, 잊을 만하면 다시 실타래 풀 듯 풀어헤치는 통에 가끔씩 나를 눈물짓게 만들곤 한다.

'누군가 말하길 나이가 들면 들수록 오래된 기억은 또렷해지고 가까운 일들은 쉬이 잊는다고 했든가' 생각을 더듬어보니 그 말이 맞는 듯하다.

그 당시의 나는 어린 나이였음에도 아무리 추운 날에도 바지를 입는 것이 싫었다. 예쁜 것이 좋았고 공주님처럼 우아한 것이 좋았다. 조물주는 어찌 여자와 남자의 성향을 이다지도 묘하게 구분을 지어 빚었단 말인가 애초에 내가 사내아이로 태어났더라면 이 같은 마음이 들었을까라는 의문이다. 추운데도 치마를 입고 덜덜 떠는 여동생에게 오빠들은 자주 무지막대한 말을 해대곤 했다. "옥이야, 멋 부리다 똥독에 빠진다."라고…. 그럼에도 고집을 부리다가 자주 혼줄을 나곤 했던 기억이 떠올라 또다시 슬펐다.

그도 그럴 것이 우리 집은 가난하여 골라 입을 정도로 옷이 많은 것도 아니었기 때문에 아마도 안쓰럽기도 하고 안타까운 마음에서 오빠들은 못내 혼을 냈을 것이리라. 그 당시 감내해야 했던 우리 집의 어려운 생활 형편은 어린 나에게는 너무도 가혹했다.

엄마는 추운 겨울이면 오로지 여섯이나 되는 자식을 위해서는, 춥지 않으면 된다는 일념만 있을 뿐, 다른 그 어떤 것도 생각할 마음의 여유가 없으셨나 보다. 아니, 엄마는 당연했다. 엄마는 마흔여섯 살 되던 젊은 나이에 과부가 되었고 집안 살림을 책임져야만 하는 가장이었으니까. 나는 밤이면 언제나 등잔불 밑에서 옷을 꿰매는 엄마의 모습을 지켜보다가 잠이 들곤 하였다. 마침내 어느 날 엄마는 나의 떨어진 바지도 꿰매어 주셨다. 이날도 엄마 옆에서 잠이 들었고 아침에 일어나보니 나의 회색바지 엉덩이 부분에는 보름달 같은 노란천이 붙어있었다. 오빠들이 별다른 생각이 없는지 힐끔거리긴 했으나 그 당시는 이것이 심각한 상황이라고는 예상 못 했다. 그날 아침 학교에 갔다. 그런데 나를 보는 아이마다 돌아서다가 고개를 갸우뚱거렸다. 그리고는 다시 나의 뒷모습을 보고는 히죽거렸다

"달이다, 달이다. 보름달!"

그때 나는 너무나 부끄러웠다. 이렇게까지 놀림거리가 될 줄 알았으면 보름달 바지를 입지 않았을 걸⋯ 학교가 파하고 집에 돌아와서도 화가 치밀고 못내 부끄러운 생각을 떨칠 수가 없었다. 그러나 나는 어느 누구에게도 말하지 않았다. 그것은 적어도 식구 중 어느 누구에게도 푸념을 하거나 짜증 낼 형편과 상황이 아닌 것을 잘 알기에⋯

지금 생각을 해보니 내가 비록 어렸지만 조숙한 편이었다는 생

각이다.

그 뒤로, 비록 학교에는 보름달 바지를 입고 가지는 않았으나 그래도 옷이 궁한 형편이라 집에서는 즐겨서 입곤 하였다. 우리 집은 바로 신작로길 옆에 있었기에 맘만 먹으면 오가는 사람이 다 지켜볼 수가 있다. 그래도 그나마 위로가 되었던 것은 동네 담배 가게 아저씨는 먼 발치에서도 나를 보면 엄지손가락을 번쩍 들어 최고라는 듯이 흔들어 주시곤 하였다. 사실 동네에 나간다 치면 고명딸이라고 많이들 귀여워 해주시기는 했다. 그러고도 나는 웬만한 부끄러움과 사소한 놀림에도 무시하는 등 여전히 명랑 쾌활한 덜렁이 소녀였다.

아니, 아니다 그것은 어쩌면 내 스스로가 주술적인 위로와 방어기제를 쓴 것이었으리라. 그러나 지금까지도 서럽고 부끄러운 기억은 지워지지 않고 날이 가도 그대로 남아있는 건 그나마 개구리가 올챙이 적 시절을 기억하라는, 그래서 어리지만 지나치게 당차고도 교만에 빠지기 쉬웠던 나를 누군가 어릴 적부터 강훈련을 시킨 거라고 지금도 당돌하게 스스로 위로를 하곤 한다.

그 후 많은 사연을 맘속에 담고도 때를 맞춰서 결혼과 원하던 보육전문가가 되었고 글을 쓰는 새내기 작가도 되었다. 언제나 글을 쓸 때는 나만의 외롭고 힘겨웠던 기억을, 가슴의 응어리들을, 자주 눈물로 쏟아내곤 한다. 한바탕 눈물 콧물을 흘린 후에는 마음이 안정되고 평온함이 찾아옴을 느끼곤 한다.

지금의 나의 삶은 만족한 삶이다.

일찍부터 힘든 고난과 역경이 지금의 나를 만들어 주신 힘은 오로지 보이지 않는 그분이다. 전능자! 그분의 힘에 이끌리어, 나를 강하고 단단하게 만들어 주셨음을 확신하기에 날마다 감사한다. 그리고 그분은 자주 내 마음속에 들어오셔서는 칭찬을 아끼지 않으신다. '딸아! 잘하고 있다. 여태까지 잘도 견디고 시험에 통과했으니 이제 너에게 듬뿍 상을 안겨줄 거야 아낌없이…' 오늘도 나는 여전히 가슴에 맺혔던 응어리들을 하나씩 꺼내어 글을 쓰려 한다. 아마도 눈물 콧물이 가슴 벅차게 흐를 것이 뻔하다.

시원한 생선

　　내가 아주 어렸던 시절에는 대부분이 어려운 형편의 가정이
많았다.

　　지금처럼 먹을 것이 흔하지도 않았고 우리들의 식생활에서는
웬만한 음식은 거들떠도 안 볼 그런 음식들도 이때는 다 챙겨서 먹
기가 쉽지 않았다. 한마디로 모든 것들이 귀하고 모든 음식이 꿀맛인
그런 시절이었다. 만일 음식이 맛이 없다고 투정을 부린다면 그것은
염치가 없는 일이거나 아주 풍족한 가정일 것이다.

　　이 시절 나는 언제나 엄마가 만들어 주신 음식이라면 어느 것
이라도 맛이 좋았다. 그중에서도 어쩌다가 만들어 주신 생선요리는
너무나도 고소하고 꿀맛이었다. 그래서인지 내 생각에 모든 생선은
모두가 고소하고 물을 많이 넣고 삶아도 똑같이 고소한 맛을 내는
줄로만 알았다.

　　여느 가정들처럼 양친 부모 밑에서 재롱을 부리며 사랑을 받고
자라야 할 나이였지만 일찍 생활전선에 나서야만 했던 엄마와는 조

분조분 모녀간에 이야기를 나눌 여유조차 없기에 나는 선머슴아처럼 오빠들 다섯 틈에서 자랐다. 그중에서도 막둥이 오빠와는 나이가 세 살밖에 차이가 나지 않은 터고, 나는 언제나 당돌하고 일을 잘 저지르고도 씩씩하여 오빠와는 친구나 다름이 없었고 속된 말로 매사에 쿵짝이 잘 맞았다.

이렇게 세상사를 모르는 천둥벌거숭이였던 어린 내가 무엇이든지 보고 느낀 것 외에 분간이 어려웠던 것은 당연한 일이었으리라.

내 어린 시절은 지금과는 달리 웬만한 거리는 차가 없이도 걸어 다녔던 시절이다. 모두가 걷는 것이 당연하다고 생각을 해서 그런지 아무렇지도 않았고 불편하다고도 생각조차 안 하던 때이다. 어느 날 막둥이오빠와 나는 시간이 허락되면 시장 구경을 나가기로 의견을 일치하게 되었다. 우리만의 기발한 생각에 나름 감격하며 기회만 닿는다면 곧 실행에 옮기기로 했다.

마침내 기회는 찾아오고 막둥이 오빠와 나는 먼 길을 걸어서 (적어도 왕복 두 시간은 넉히 될 것이리라) 호기심에 잔뜩 기대에 부풀어서 집을 나섰다. 아름아름 이곳저곳을 기웃거리며 걷다 보니 역 근처의 시장처럼 보이는 곳에 도착했나 싶은데 입구와 주변이 시끌벅적한 것이 온통 요란하기 그지없었다. 나중에 알고 보니 이곳은 대전에서 가장 번화한 역 근처의 중앙시장이란 곳이었다. 특히 난전에는 재미난 구경거리가 너무도 많았고, 우리는 눈이 휘둥그레져서 손을 잡고 사람들 사이를 마구 헤쳐 뛰어다니며 구경하기에 바빴다. 그리고 마냥 신이 났다.

여기저기 난전의 리어카에는 각종 물건과 맛난 과일들도 많이 쌓여 있었지만, 그중에서도 유독 생선을 파는 리어카에 싱싱하고 반짝이는 생선들이 무척이나 내 맘을 설레게 했다. 오빠도 나와 같은 마음인 섯 같았다. 나는 속으로 생가을 했다.

'저걸 엄마에게 사다 드려야지. 엄마는 언젠가처럼 맛나게 생선 요리를 만들어 주실 거야. 아니 이번에는 오빠와 내가 생선요리를 만들어 봐도 좋겠다.'

들뜬 마음으로 호주머니 속에 깊이 넣어둔 동전과 지전을 만지작거리며 셈을 하니 생선 한 마리 값은 넉히 되었다. 그 돈은 엄마가 이른 아침 장사 나갈 때마다 떼쓰는 어린 딸을 달래려고 동전 한 닢씩 을 주셨기에 주머니 속 깊이 모아둔 것이다. 오빠와 내가 생선을 이리저리 만지다 보니 생선주인 아저씨가 큰소리로 호통을 치셨다.

"옛다, 이거 가져가거라. 큰 것을 골랐으니 어서어서 가거라, 꼬마야."

오빠와 나는 아저씨의 호통소리에 화들짝 놀라고 귀찮아하는 아저씨의 모습을 뒤로하고 먼 길을 걸어서 집으로 터덜터덜 돌아왔다. 우리가 얼떨결에 사 온 것은 생태 한 마리! 그때는 그 이름이 생태인 줄도 몰랐다. 그러나 나이답지 않게 어른들의 흉내를 곧잘 내곤 했던 우리는 솥에 물을 넣고 풍로에 불을 지펴 끓였는데도 아무런 맛이 나지 않았다. '이상하고 이상도 하지 분명한 생선인데…

생선은 모두가 고소한 맛인 줄 알았는데…'

그날 우리는 생선주인 아저씨의 호통 때문에 놀란 가슴은 먹먹했고 기대했던 생선요리는 아무 맛도 없었고 다 써 버린 지전과 동전에 대해서는 못내 아깝다는 생각과 아울러 슬프기까지 했다. 그리고 여러 날이 지난 후에야 깨닫게 되었다. 생태는 시원한 맛이지 고소한 맛은 아닌 것이라고… 그 당시 엄마가 어쩌다 요리를 만들어주신 것은 가격이 저렴한 고등어였음을… 그리고 아무리 좋은 음식도 소금간이 곁들여야 제맛이 난다는 것도…

그 뒤로 오빠와 나는 그 어릴 적의 일들을 굳이 얘기한 적은 없다. 슬펐지만 아름답던 오누이의 추억만이 나의 가슴에 남아 있다. 아마 오빠도 나와 같은 생각을 할 것이다. 아니 오빠는 잊혀졌을지도…

나의 나 된 것은 젊은 날의 발자취였다

나의 고향인 충청도 대전은 내가 어릴 적에는 아주 한적하고도 온통 주변이 논이나 밭으로 둘러싸여 있는 조용하고 소박한 곳이었다. 그렇다고 지금이 아주 화려하거나 몰라볼 정도로 변한 것도 아니고 그서 예전처럼 후미진 곳은 아니라는 생각이다. 그나마 70년대로 접어들면서 그나마 어느 정도 면모를 갖추었다고 해야 할 것이다.

이른 아침의 버스 정류장은 아침 7시만 되어도 시끌벅적하였다. 학생들의 등교 시간과 직장인들의 출근 시간이 겹쳐서인지 버스를 기다리던 사람들 중 몇몇 정도는 남겨놓고 버스가 떠나야 하는 경우도 생기기도 하고 또 어떤 때는 차량 도우미도 인정에 못 이겨 간신히 문을 반쯤 밖에 못 닫고서도 태워주는 등 차가 출발하여 차 안의 사람들이 균형을 이룰 때까지 매달린 채로 버스가 달리곤 할 때가 많았다. 지금으로서는 안전 때문에라도 상상도 못 하는 일이겠지만 이때는 지금처럼 교통카드가 도입되기 전이고 일일이 차비를 받아야 하기에 차량 도우미가 필요했던 때이다.

버스의 문고리를 잡고 차량 도우미가 배치기라도 할 양이면 버스 기사 아저씨는 일부러 버스를 휘청거리게 운전을 해서 손님들이 안으로 밀리게 곡예 운전을 하곤 했다.

　　당시는 대전역을 중심으로 제일 큰 지금의 백화점이라 할 수 있는 대로의 양쪽에 중앙대파트와 홍명상가가 있었고, 옆에는 대우당이라는 커다란 약국이 자리 잡고 있었다. 이 거대한 건물들 밑에는 언제나 맑은 시냇물이 시원스럽게 흐르던 모습이 지금도 눈에 선하고 여름에는 물가에서 더위를 식히는 사람들의 모습도 자주 눈에 띄곤 했다. 지금의 이곳은 주변의 모든 상황이 변하여 몰라볼 정도로 낯이 설다.

　　내 고향이며 태어나서 한 번도 자리를 옮긴 적이 없는 이곳을 생각하면 여전히 정겹고 아련하다. 그 당시에 내가 가끔씩 퇴근 후에 이곳의 대파트를 들르기라도 하면 유난히도 친절했던 어느 점원 언니의 선한 모습이 떠오르고 안부가 그리워지곤 한다. 역에서 가까운 이곳은 대전에서는 제일 번화했으며 출근길 버스에서 내리면 바로 금은 보석상과 은행이 있었고 횡단보도를 건너면 형제서점이라는 상호가 있다. 왼쪽 길로 옮겨가면 거대한 양조장이 나오고 출근길에는 의례히 눈에 익은 몇 명의 청년 인부들이 쪼르르 나와서는 히죽거리며 의미 있는 눈인사를 하는 등 정겨운 모습을 뒤로하고 걷다 보면 내가 근무하던 그 유명했던 고입시학원이 나온다.

비록 허름한 건물이었지만 충청도에서는 최고의 명문학원으로 손꼽혔다. 어느 해에는 최고 명문 고등학교를 근 두 클라스를 입학 시킬 정도여서 주변의 시샘으로 상부 기관의 조사까지 받아야 할 정도였다. 그러나 당연히 한 점도 어긋남이 없는 것으로 밝혀졌고 사실 조금도 숨길 것이 없었기에 좀 번거로울 뿐이지 모두가 겁낼 것이 없었다.

그 후로 우리원은 더 유명해지고 오로지 이 놀랄만한 성과에는 원장님의 운영방침과 전체 교직원들의 열정과 열의가 혼연일체가 되었기에 가능하였다는 생각에 변함이 없다. 피나는 노력의 결과에는 반드시 행운이 따른다는 것을 이때 확신했으며 지금껏 세상을 살면서 내 삶이 그나마 잘 유지하며 살 수 있음은 오래전의 직장에서 많은 것을 경험하고 열정적으로 살 수 있는 지혜를 터득했기 때문이라는 생각이다. 결혼 전에 직장이라곤 이곳이 처음이자 마지막 직장이었다.

나는 동료 사무원들에 비해 많이 부족했다. 제일 어린 나이에 입사를 해서 주로 하는 일은 동료직원들이 불편하지 않도록 매사에 보조역할을 충실히 하여 하루 일과가 매끄럽게 진행되도록 하는 일이었다. 나름 눈치껏 행동하여서인지 사무실의 분위기가 매우 밝고 만족하다 보니 하루하루의 생활이 즐겁고 보람스러웠다.

그 후 1년 정도 지난 후에는 교사들이 내어주는 시험문제를 일일이 손으로 필경을 하여 학생들이 시험을 볼 수 있도록 돕는 일이었으며 모든 일은 신속해야 하기에 근 7, 8백 명 되는 학생들의 시험 성적은 반드시 시험 본 그날로 반 석차와 전체석차로 우열을 가려 처리해야 했다. 물론 노련한 선배가 있었기에 가능한 일이었다. 이일은 요즘 같으면 컴퓨터나 계산기로 쉽게 처리를 할 수 있는 일이지만 그 당시는 주판을 사용하였다. 나는 다부진 깡과 열심히 있는 편이기에 이일을 감당하기 위하여 주판 교본을 구입하는 등 밤낮으로 연습에 연습을 거듭한 결과 3급자격증을 딸 정도의 실력을 갖추니 업무에 지장이 없이 충실을 기할 수 있었다.

이듬해에는 좀 더 심도 있는 일을 맡게 되었다. 아이가 일단 입학을 하면 제일 먼저 하는 일이 있다. I,Q 테스트였다. 이는 교과시험 문제와는 달리하지만 여느 시험 때와 똑같은 방식으로 시험을 본 후 100점을 만점으로 채점을 한 후 이에 맞는 공식에 조합하면 I,Q 숫자가 나오는데 더욱이 놀라운 일은 I,Q가 높게 나오는 아이는 학업성적도 뛰어나다는 사실이다. 이는 유능한 누군가가 그만큼 심도 있는 연구개발로 과학적인 근거가 뚜렷이 나타나도록 애쓴 결과물이기에 놀라움과 매력을 느끼게 되었으며 원장님과 교사들은 I,Q에 비하여 성적이 못 미치는 아이는 노력만 더한다면 가능함을 이해시켜가며 성적을 유도했고, 반면에 I,Q 보다 월등히 성적이 높으면 엄청난 노력을 했다는 결과물이기에 칭찬을 아끼지 않고 기를 살려주는 일들을 하였다.

나는 학원에서 이런 일들을 원활히 잘할 수 있도록 잡다한 일을 돕는 일에 전념하면서 언제나 감동 지체였다. 시험을 치를 때마다 시험문제의 심도 있는 난이도가 정해지는 대로 명문고교의 순서대로 나열한 후에 예상기준 점수를 표시해놓고 아이들이 매달 치른 시험성적을 기준 점수 밑에 표시해서 한 치의 오차도 없는 작업을 해야 했다. 연말에 가서는 포물선 그래프로 연결만 하면 파일 하나만 출력해도 해당 학생의 예상 합격 여부를 한눈에 알 수 있게 만들어 놓으니 가히 놀라움을 금할 수가 없었다.

이 근거 있는 파일로 부모 상담을 하니 부모님들도 거의가 감탄을 금하지 못했다. 이처럼 신뢰를 쌓아가니 소문이 퍼져서인지 신학기가 되면 시골에서는 물론 온 사방에서 넘치도록 아이들이 몰려들곤 하였다.

한번 입시에 실패의 쓴맛을 경험한 대부분의 아이는 숙연하고 부모에게도 죄송한 마음이기에 그런지 대부분 진지한 표정들이다. 학원에서는 이들의 마음을 잘 알기에 언제나 학생들이 등원하면 각 교실에서는 방송에 잔잔한 음향의 노래소리인 "나 실제 괴로움 다 잊으시고 기르실 제 밤낮으로…" 이렇게 마음을 가다듬게 하여 편안하고 겸허한 마음이 들도록 하였으며 또 부모에 대한 거룩하고도 애틋한 마음의 노래 '나뭇가지가 바람 자기를 바라나 바람이 자 주질 않고 자식이 부모에게 효하려하나 부모님이 기다려주질 않는다'(樹欲靜而風不止, 子欲養而親不待)라는 고사성어를 즐겨 외울 정도로 효심을 강조하였기에 전 직원들은 물론 아이들이 하루를 겸허한 마음으로 시작을 할 수 있었다는 생각이다. 더욱이 본이 되었던 것은 학부모가 상담 차 내원하면 일단 아이에게 부모 앞에서 절을 유도하고 다시 한번 아이에게 효의 정신을 일깨워서 재무장할 수 있는 마음을 갖도록 하고 학부모님들의 마음도 헤아려서 만족케 하셨던 원장님의 운영방침에는 언제나 감동스러웠다.

나는 매일 아침 일찍 출근하여 늦은 저녁에 퇴근하곤 하였으나 모든 일에 피곤한 줄도 모를 정도로 전념할 수 있었음은 그만큼 결여된 것들이 많음에도 직원으로 인정을 받았기에 만일 불만을 한다는 것은 염치없는 일이었음을 잘 알았기 때문이리라.

그 후 나의 결혼식 날이 다가와 직장을 떠날 때 원장님께서 이런 말씀을 하셨다.

"최 양처럼 부지런하고 착실한 사람은 전무후무할 거라"고…

이는 나에게 주시는 최고의 찬사였다고 생각한다.

지금의 내가 처해진 삶에 감사가 넘침은 어릴 적 고난이 내게
는 유익이었다는 것을 살아가며 절실하게 느낀다. 그러기에 지금 운
영중에 있는 어린이 보육사업을 하면서도 일마다, 때마다 어려움이
있다 해도 당황치 않고 의연하게 대처가 가능한 것은 젊은 날의 많
은 가르침이 있었던 맨토 원장님 넉분임에 두고두고 감사하다는 생
각이다.

나는 매사에 어설프고도 결여된 부분들이 많다. 무슨 일이든
맘을 먹으면 서둘러 실행하기를 좋아하다 보니 가끔은 남편의 여유
로운 성격인 '가만있자' 하는 성격에 속이 끌어오를 때도 있다. 남편
역시도 내가 서두르기를 시작하면 너무 정신이 없어 당황하게 만든
다고 불만을 하곤 한다. 그러나 차츰 각기 다름도 유익하고 필요하
다는 생각이 자주 드는 것을 보면 아마도 서로 다름을 인정하고 있
다는 것일 게다.

그동안 자녀들에게 제대로 챙겨주지 못했음에도 자녀들이 거뜬
히 잘살아 내는 걸 볼 때 고맙고, 대견하여 느끼는 바가 크다 자녀교

육은 굳이 말이 필요치 않다는 것과 자녀는 부모의 삶의 모습을 보면서 제 할 일과 저마다의 갈 길을 자연스럽게 찾아갈 수 있는 힘이 길러진다는 것을 나의 자녀를 통해서 일깨워지는 계기가 되었다. 우리 부부는 이들이 지혜롭게 잘 살기를 쉬지 않고 기도할 것이다. 아마도 시간이 흐르면 흐를수록 우리는 삶이 더 아름답고 풍요로울 것이다.

그래서 오늘도 감사하다.

경각심과 대처능력

2023년 5월의 마지막 날!

피날레를 장식이라도 하듯 이른 아침의 서울특별시 경계경보발령의 오 발령 건에 대해서 나는 몹시 유감스럽다. 아니 정말 황당하고 몹시 화가 난다. 이런 경우에 우리는 심각하게 생각을 하지 않으면 안 될 일인 듯하다.

물론 모든 세상살이는 사람의 일이고 신이 아니기에 언제라도 시행착오와 오류도 범할 수 있겠다. 그러나 꼭 그렇게만 일축시키기에는 이로 인해 벌어진 일들이 세세히 드러나지 않는다고 해도 어느 한쪽 구석에서는 돌이키기 힘든 일들이 야기됨과 동시에 너무도 많은 대가를 치를 수도 있다는 것을 간과해서는 안 된다는 생각이다.

해마다 "5월 31일" 이날은 우리 가족으로서는 특별한 날이다. 이날은 특히 나의 큰딸이 결혼식을 올린 기념의 날이기도 해서 식구들이랑 저녁 외식을 한 후에도 딸의 가족 모두는 가까운 친정엄마의 집인 나의 집에 들러서 온 식구들이 음료를 마시며 의미 있는 날을 자축하며 화기애애한 시간을 보내는 중이었다.

큰딸은 결혼 후 아들 셋을 낳았고 그중 막둥이 아들은 올해 초등 1학년생이 되었다. 그런데 세 명의 아들은 저마다 성향들이 달라도 어찌 그리 다른지 신기할 정도다. 특히 세 번째 아들인 나의 손자는 희한하다 싶을 정도로 어휘력이 뛰어난 데다가 나이에 비해서 아는 것이 많고 운동신경이 어찌나 뛰어난지 중학을 다니는 형들과 함께 축구장을 누비곤 한다. 그러고도 어떤 면에서는 의외의 상황으로 모두를 황당하게 만들기도 하는 등 한마디로 극과 극을 달린다고 해야 할까?

이날 아침에도 평소처럼 마을 주변에는 조깅하는 사람들의 모습들이 보이고 평온하던 아파트 마을에 예상치 못한 경계경보 발령이 발표되자 주민들의 놀라움은 물론이고 단지 내 관리실에서는 곧바로 확성기를 통해서 이 상황을 알렸다고 한다. "단지 내 여러분은 경계경보발령에 서둘러 대피준비를 하되 노약자와 어린아이들을 먼저 서둘러 피하라"는 우렁찬 큰소리가 나자마자 유난히도 눈치 빠르고 영리한 막둥이는 얼마나 무섭고 놀랐는지 정신없이 옷을 갈아입더니 신발을 순간적으로 신고 현관으로 뛰어가 서 부동자세로 서 있는 등 너무나도 당황스런 일이 순간적으로 벌어졌다고 한다.

어린 마음에 나름 온종일 무서움에 시달렸는지 얼굴에는 수심이 가득 찬 모습이었다. 평소와 같지 않은 모습이었다. 이날은 다른 날 보다 일찍 출근했기에 낮 동안에 어떤 일이 벌어졌는지 몰랐던 나는 그렇잖아도 의아해하던 참이었다.

아니나 다를까 식구들이 모여서 한참을 화기애애한 분위기 중에, 막둥이 녀석이 순간적으로 벌떡 일어나더니 "아침에 경계경보 발령소리가 너무나 무서워 생각을 떨칠 수가 없어" 하면서 눈을 꼭 감은 채 아이답지 않은 어휘를 써가며 갑자기 오열하듯 제 엄마 품에 파고들어 안기며 울먹이기 시작했다 이 졸지의 상황에 식구들은 당황하기 시작했고 어찌할 바를 모르는 상황이 벌어졌다. 북한에서 또 미사일을 쏘면 어떻게 되냐 우리는 죽을 수밖에 없냐며 얼굴이 벌개지고 동동 발을 구르니 모두들 걱정이 되어 아무리 미사일을 쏴도 남한에서는 언제라도 막을 수 있으며 대응할 태세가 되어있다는 등 생각할 틈도 없이 아이를 안정시키는데 모두가 열을 올리게 되었다. 그러면서도 내심 이런 엄청난 말을 거르지 않고 횡설수설해도 되나 싶으면서도 아이가 묻는 말에 모두가 전전긍긍하게 되었고 모두는 아이가 이렇게까지 놀라는 상황에 대해서 의아해할 정도였다.

하긴 나 자신도 막둥이처럼 어릴 때는 죽음에 대해 자주 공포

감에 사로잡힌 기억이 있다. 사위인 막둥이네 아빠도 역시 어릴 때에는 죽음에 대해 한동안 무서움을 금치 못했다며 아마도 이 나이 때가 대부분이 그런가보다 라고 굳이 아무렇지 않은 일인 듯 막둥이에게 유도하기도 하고 맛난 치킨과 음료를 권하며 생각을 바꾸도록 한 덕분에 울음을 그치는듯하니 모두들 가슴을 쓸어내리게 되었다.

그러면서도 우리는 내심 걱정이 되어 안절부절못하게 되었다. 하긴 최근 몇 년 동안 되어진 예상 밖의 상황인 코로나19와의 싸움과 지구 온난화로 되어질 조짐의 이상 변화가 차츰 가까워지는 느낌내지는 이런 모든 것들이 다름 아닌 장차 우리 아이들이 감내하고 겪어 내야만 하는 일로써 다가올 미래의 세상이 어떻게 펼쳐질지 심히 걱정이다. 그동안에 우리 모두는 크고 작은 자질부레한 일들을 많이 겪고 살았다 특히 남북한이 둘로 나뉘어져 늘 긴장 속에서 살다가 설마설마하면서도 이제는 안전 불감증에 걸린 듯이 살아가기에 어쩌면 그 불감증도 오히려 다행인 듯 살고 있으니 말이다. 그러나 자라나는 우리 아이들은 처음 겪는 일이기에 놀라움을 금치 못함은 당연한 일이리라 우리 모두의 아이들은 오로지 아름다운 생각과 올바른 마음을 가지고 미래를 꿈꾸고 자라야 함에도 다가올 미래의 불투명성에 정말 가슴이 아프다.

제발 우리는 은연 중이라도 쉽게 생각을 하지 말고 자라나는 아이들이 가슴에 멍이 들지 않도록 심사숙고하고 모든 일을 신중하게 결정하기를 정부 당국은 물론 다 같이 긴장해야 할 것이고 아이들에게도 앞으로 되어질 예견된 일들을 조심스럽게 이해시키며 알려서 만반의 대비태세를 갖춰나가야 된다는 생각이다. 그리하여 올바르고 단단한 면역력을 키울 수 있는 교육이 시급한 때임을 교육기관은 물론이고 각계각층에 알려서 서로서로 일깨워야 한다는 간절한 바램이다.

이 나라가 아니, 아름답고 풍요로운 우리 대한민국이 지금처럼 잘 사는 나라로 만들어지기까지는 얼마나 많은 이들의 수고와 각고의 노력으로 이뤄낸 삶의 터전이런가

이제는 우리의 미래를 가꿔나갈 사랑하는 우리 후대들을 위하여 끊임없는 기도와 노력이 절실한 때임을 잊어서는 안 되겠다는 굳건한 생각과 다짐하는 바이다.

아름다운 삶을 위하여

　사람이 살다 보면 상식적이지 않는 일이 왕왕 일어나기도 하고 또 세상에 이런 일이 있나 하며 믿기지 않는 일이 일어나기도 한다. 그것은 지금까지 살아온 햇수가 늘어나면 늘어날수록 삶이 우리를 평탄한 길로 가기를 놔주지 않기 때문이란 생각이 들고 끝없는 시행착오와 갈등 속에서 터득도 하고 다시 바로 잡기도 하여 살아가는 날들이 많아지면서 이런저런 경험과 경륜이 쌓여가노라면 마침내 인생을 논할 수 있게 되고 먼저 된 사람으로서 나중 사람에게 훈계도 하고 가르침의 선봉이 되기도 하는 것이리라. 그래서 대부분의 나이 드신 어른들을 보면 자애롭고 사랑과 너그러움이 물씬 풍기며 보는 이로 하여금 여유로움과 평안함을 느끼게 하는 것이 아닌가 싶다.

　나 자신도 어찌어찌 바쁘게 살다 보니 벌써 내 나이를 생각하면 새삼스럽게 놀랍고 또 믿기지가 않고 서글프게 생각될 때가 많으나 그래도 인정을 해야된다는 생각을 하며 받아들이려 노력을 하는 중이다. 어른들의 말에 의하면 예전에는 그런 것을 몰랐는데 나이가 들고 보니 어느 날부터인가 자식들의 말 한마디가 작고 사소한 일에도 섭섭하고 슬퍼지기도 하여 언제까지 가슴에 응어리가 남는다고 말한다. 그나마도 나는 아직 그때는 아닌 것 같다.

딸아이 둘을 다 결혼을 시키고 손자가 다섯이 되었지만 아직도 내가 할머니라는 말이 자연스럽지 않은 것은 아마도 아직은 젊음이 남아있다는 것이 아닐까 하며 스스로 위로도 해 본다.

우리는 한번 태어나서 반드시 생을 마무리한다는 것은 어느 누구나 알고 있는 사실이다. 단지 별로 체감을 못 느끼고 살기에 당연한데도 나와는 무관하다는 무의식 속에서 사는듯하다 그런데 오히려 내가 어릴 적에는 어느 날 갑자기 죽는 문제로 인해 몹시도 두렵고 무서워서 걱정을 자주 했던 기억이 난다. 그럼에도 어느 순간부터는 잊고서 상황에 따라 쉴 사이 없이 이런저런 일로 마음을 쏟으며 주어진 일에 매진하다 보니 지금 이 시점까지 달려온 것이다. 요즘은 선배나 친구들이 자주하는 말 "이제는 쉼이 필요한 것 같다"고 한다. 같은 생각이다. 이제는 쉬엄쉬엄 여유를 갖고 주변을 살필 때가 온 것 같다.

요즘은 예전에 나의 친정어머니께서 하신 일들을 살피는 중이다. 나의 어머니는 하늘나라로 가시기 몇 해 전부터 용돈이 생길 때마다 예쁜 복주머니를 챙기시고 평소에 정성껏 준비해 놓으신 선물 (이불) 속 깊숙이 넣으시고는 어디론가 다녀오시곤 하는 것을 자주 보아온 터다. 예전에 어렵게 살면서 고마움을 주신 분 들을 일일이 찾아가셔서 고마움을 전하신다는 것을 알고는 더욱 존경의 마음이 일곤 했다.

그런 어머니의 뒤를 이어 나도 한 걸음 한 걸음씩 주변을 살피고 골고루 편견 없이 많은 이들을 살필 때가 되어가는 것 같다.

모진 풍파를 헤쳐나가다 보니 나름 대처능력과 지혜를 얻게 되고 면역도 차츰 생겨서 웬만해도 흔들리지 않는 뿌리 깊은 재목이 되어가고 있는 것이 아닌가 하여 한편으론 힘겹던 환경과 주어진 여건들에 대하여 고맙다는 생각까지 드는 중이다.

어느 시인이 말하기를

'삶은 그리 아름답지도 그리 슬프지도 않은 것'이라고 하던가!?

아니, 우리가 잘 아는 시인의 말이 또 생각이 난다.

'소풍 끝나는 날 이 세상이 아름다웠더라고 말하리라'는.

비록 살면서 어려운 일이 많았어도 잘 견뎌내기만 한다면 아름답게 승화되어 추억거리가 많은 사람만이 진정한 행복을 누리는 특권이 부여된다는 생각에는 변함이 없다. 오늘 비록 생을 마무리한다 해도 결코 후회하거나 아쉬울 것 없는 삶을 위해서 꾸준히 도전하고 전진할 것이다.

삶이란 누구나 딱 한 번 주어진 시한부 아닌가. 열심히 살아왔고 앞으로도 진정 나의 인생을 사랑하며 살아가리라. 존경하던 시어머님도 희생으로 사셨던 친정어머님도 지금은 하늘나라에서 편안한 삶을 살 것이고 나의 영원한 후원자인 남편도 건강하니 이 또한 나의 행복이 아닐까. 여리고 여렸던 두 딸도 각각 제 삶을 잘 개척해 나가고 있고 손자들도 씩씩하게 잘 크며 나에게 행복을 주고 있다.

미련도 후회도 없지만 주어진 그날까지 최선을 다하며 결코 나태해 지진 않으리라.

계절은 돌고 또 돌아오지만 인생은 돌아오지 않을 것이고 주어진 시간은 한정되어 있기에 내가 원했던, 내가 하고 싶었던 일들도 찾아보리라. 돈으로 살 수 없는 시간이기에 '시간은 금이다.'라는 말을 새삼 되뇌어 본다. 시간만큼 소중한 것은 없고 내 삶의 여정이 곧 시간이기에 젊었을 때의 시간보다 나이 든 지금의 시간이 더욱 귀중하다는 생각이 든다.

봄이 오면 파릇파릇 돋아나는 연초록 잎사귀가 꽃보다 아름답다는 생각이 들 때가 있다. 계절을 느껴보았기에 알 수 있는 것이고 계절을 따라 수십 번의 봄을 맞았지만 계절을 모르고 바쁘게 살 때에는 연초록 잎이 꽃보다 예쁘다는 걸 몰랐다.

느낌이라는 것… 경험이라는 것…

책 속에 길이 있다지만 삶은 생생한 현실이기에 직접적인 느낌과 경험으로 시를 쓰는지도 모른다. 누군가에게는 간접적으로라도 도움이 되는 유익함으로 남을 수 있으니까. 열심히 시도 쓰고 수필도 쓰리라. 내 시간의 종점에서 내가 가져갈 수 있는 것은 추억과 경험과 많은 이들의 사랑이고 내가 남겨놓을 수 있는 건 꼭 문학의 이름이 아니더라도 소소한 수필과 시일 테니까…

'남겨진 아름다운 나의 삶을 위하여 브라보!'

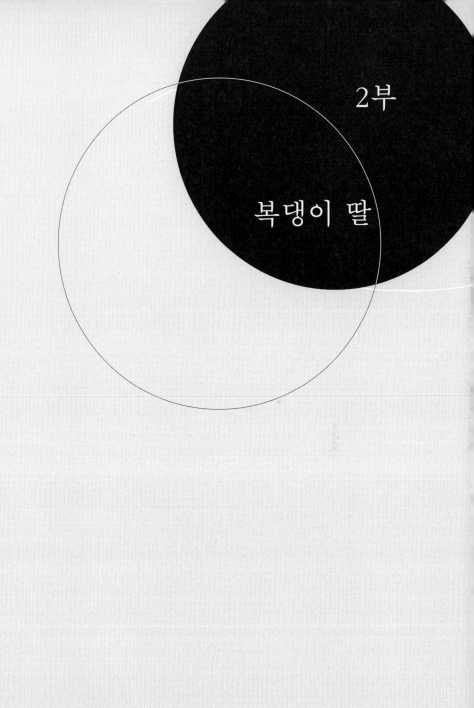

2부

복댕이 딸

시어머니 1

시집온 지 얼마 되지 않아서 시어머니의 환갑을 치른 기억이
난다.

시집오던 그 당시 내 나이는 26살이었다. 충청도에서 살고 있던
나는 남편의 직장이 있는 서울로 시집을 온 것이다. 그때만 해도 시
어머니는 충청도 대전에서 사셨다.

어머니는 성격이 급하시고 어찌나 괄괄하신지 밖에 나가셨다
돌아오실 때는 문밖에서 사람을 부를 때 금방 대답이 없다 치면 화
난 사람처럼 반복하여 쩌렁쩌렁한 목소리로 문을 열라는 소리에 나
는 지레 겁을 먹곤 하였다.

성격이 급한 어머니는 어느 날 감기가 들었는데 여러 번 약을
먹어도 잘 안 든다며 약을 두 번 먹을 양을 한꺼번에 다 먹어야겠
다고 하여 큰아들인 나의 남편에게 혼이 나기도 했다.

이처럼 가끔 황당한 일이 벌어지는 일들이 있을 때마다 나는 이

런 생각을 하곤 했다. 예전에 한참 TV에서 방영을 하여 인기가 있었던 "왈가닥 삐삐"가 생각이 나고 어머니는 왈가닥 삐삐 같다는 생각과 아울러 귀엽다는 생각이 드는 건 그래도 어머니에 대한 나의 사랑이리라. 이렇듯 씩씩하고 건강하셨던 어머니는 어느새 세월이 흘러서 며칠이 지나면 95세가 되신다.

서울에서 신혼을 차린 나는 처음으로 3, 4층짜리이던가, 5층짜리이던가, 여튼 집들이 이어져 있는 것이 연립주택이란 걸 서울에 와서 처음 보게 되고 또 알게 되었다.

얼마나 신기하던지… 지금 생각을 해보니 나는 그 나이가 될 때까지 매사를 몰라도 너무나 심한 것은 시야 좁게 살아온 탓인지 아니면 별생각 없이 맹하게 산 건지 둘 중에 하나일 거라고 생각해 본다.

난, 태어나서 시집을 올 때까지 한 번도 이사라는 것을 해 본 적이 없었으며 결혼 후 처음으로 서울에서 연립주택에 이어 아파트에서 살게 되었다. 한마디로 나는 친정에서의 생활은 우물 안의 개구리처럼 살았던 것이다. 어떤 면에서는 패쇄적인 삶을 살았다고 봐도 과언이 아닐 정도로 단순하게 살아온 터였다.

남편은 언젠가 나에게 이런 말을 했다 "나는 결혼 후 몇 년 동안은 당신이 내숭을 떠는지 알았어. 그런데 그게 아니었어. 살아 보니 진짜 맹하고 폐쇄적인 삶을 산거더라고." 그도 그럴 것이 언젠가는 남편과 지하철을 타게 되었는데 목적지에 다다르고 직사각형 회수권 같은 표를 사서 나올 때는 기계의 빈 공간에 집어넣은 다음에 그냥 통과하여 나오면 되는지를 몰랐다. 이미 남편은 통과하여 앞을 향해 가고 있고 뒤를 이어 회수권 같은 것을 빈 공간에 넣은 나는 아무리 통과하여 다시 나올 때를 기다려도 안 나오고 남편은 보이지 않을 정도로 이미 가버리고 이 벌쭉이 키가 큰 나는 발을 동동 구르며 서 있었다. 하필 그때는 옆에 물어볼 사람도 없어 난감했다. 이미 가버린 남편이 얼마 후에 놀라서 헐레벌떡 뛰어와서 물었다. 왜 안 따라오고 거기 서 있느냐고… 잃어버린 줄 알았다고…

나는 생긴 모습과는 달리 눈치도 없고 엉뚱한 면이 있으며 매사에 극과 극을 달리는 덜렁한 것이 본연의 내 성격인지라 할 말은 없다. 곁에서 보기에는 약고 깍쟁이같이 보여서 누가 보아도 전혀 맹한 느낌이 아닌 거의 내숭에 가깝게 보일 거라는 생각을 하기에 남편 말에 별로 기분이 나쁘거나 이의는 더 더욱이 없다.

당시는 어머니께서 서울 아들에 오신다 치면 근 2주일은 머무르곤 하셨다. 어머니는 얼마나 부지런하신지 계신 동안에는 화분을 분갈이도 하시고, 꽃이 베다 싶으면 떼어서 분양도 하시고, 장이든 날이면 사알 살 내려가셔서 비싸지 않은 예쁜 꽃을 사다가 화분 크기에 맞춰서 심기도 하셨다. 죽어가는 식물에는 평소에 내가 알지도 못했던 주사기 같은 것에 영양제가 들어있는 것을 꽃집에서 사다가 거꾸로 세워서 며칠이 지난다 치면 거짓말처럼 식물이 파릇파릇 올라오고 생기를 되찾게 되어 신기하고 놀라웠다. 그리고는 평소에 내가 손이 덜 가겠다 싶은 것을 찾아서 도와주시는 등 각종 모든 집안에서 필요한 일에는 선수라 해도 될 정도로 손끝이 여무셨다.

음식 솜씨도 얼마나 뛰어나신지 아주 창의적이시고 같은 음식이라도 어머니 손만 가면 환상적인 맛을 창조하셨다. 사실 나는 시집을 온 후에야 그나마 나의 음식 솜씨로는 어머니 솜씨를 물려받은 것이 거의 다였으리라 생각이 들 정도로 너무도 부족했던 나였다.

그럼에도 결혼 당시에 나는 특히 장남 며느리로 시집을 왔기에 매사에 해야 할 일이 막중하고 그만큼 대가를 치러야 한다는 생각에 마음이 언제나 긴장을 하고 있었던 것 같다. 어찌 보면 나는 평범한 보통의 아낙이 아닌 억척스런 억순이였다. 무엇이든 열심히 해서 박봉인 남편의 부족한 부분을 채워야 하고 지출을 막고 효과를 내야 한다고 언제나 골똘히 생각하고 나름대로 머리를 쓰며 살게 되었다.

김치를 담글 때도 젓갈이 꼭 들어가야만 맛을 내는지도 몰랐고 세세한 살림에 대해서도 너무나 모르는 것 투성이었다. 결혼 전에는 직장생활을 8년 정도 하다 결혼을 했으니, 특히 집에서도 누가 가르쳐 주려고도 하지 않았지만 미리 신부수업을 받을 기회도 없었다.

그러나 나는 나름 부지런한 편이었으며 열심히 있는 성격인지라 무엇이든 시도를 하고 싶었다. 우선은 남편의 월급에서 일정량을 떼어서 시댁에 도움을 줘야 하는 관계로 넉넉지가 않았다. 그래서 더욱이 절약하며 살아야 했다. 그래도 다행인 것은 난 어릴 적부터 근검절약으로 몸에 배어있었기에 웬만한 어려운 일을 견디는 것이 가능하지 않았을까 생각해 본다.

어머니가 아들 집에 오셔서 계시는 동안은 이런저런 반찬들도 골고루 먹을 수 있었으나 내려가시고 나면 곧 음식이 동이 나서 시원찮게 되었고 어쩌나 하고 난감하곤 하였다. 이대로는 안 되겠다고 마음을 먹고 어머니가 만들어 주신 음식을 심혈을 기울여서 기억했다가 만들어보기 시작하게 되었다. 다행인 것은 그나마도 내가 아주 감각이 무딘 편은 아닌듯하여 스스로 위로를 하곤 하였다.

그런 후 시일이 지나가고 어머니께서 다시 아들 집에 오신다 치면 전에 어머니께서 만들어 주신 것을 거의 흉내를 내어 상에 올려놓곤 하였다. 이일은 누가 시켜서 되는 일이 아니고 내가 마음에서 우러나와서 좋은 마음이라 그런지 매사에 늘 즐기게 되었다.

　김치를 담글 때 필요한 젓갈 중에 갈치 젓갈이 그렇게 맛이 있는 것인 줄을 몰랐다가 역시 어머니의 김치 담글 때 알게 되었고 알뜰살뜰한 어머니의 하시는 것을 눈여겨보았다가 시장에서 갈치를 살라치면 손질을 할 때 부탁을 하고서 대가리는 물론 갈치창도 함께 받아와서는 깨끗이 씻어서 단지하나를 정해 놓고 소금을 뿌리고 저장을 하곤 하였다. 그것이 해가 지나고 오래되니 곰삭아지고 꺼내어서 김치를 담아보니 그렇게 맛이 있었다. 밥맛이 없을 때는 잘게 가셔서 양념하여 풋고추를 찍어 먹는다 치면 그 또한 일품이었다.

　어느 날은 깻잎을 이용하여 장아찌를 담게 되었는데 한 장 한 장을 정성껏 담다 보니 거의 하루 종일 담았던 기억이 난다. 그 대신 정석대로 담아서인지 지금도 그때 담은 깻잎이 제일 맛있고 오래 두고 먹었던 기억이 난다. 물론 어머니의 칭찬도 많이 받게 되었다. 이렇게 나는 살림 맛을 아는 주부로 바뀌어 가고 있었다.

　늘 음식에 심혈을 기울이다. 보니 어느 날은 어머니께서 하신 말씀이 문득 생각이 나는 것이었다. "예전에는 마을에 큰일이 생기면 바느질을 못 하면 추운데 부엌에 나가서 실컷 설거지만 한다."고 하시던 말이 생각이 들면서 또 나는 '아아 나는 장남 며느리고 무엇이든 못하면 흉이 되겠구나' 이런 생각이 드는 것이었다. 그도 그럴 것이 건넌방에는 어머니께서 50여 년이나 쓰시던 일제(싱가) 재봉틀이 자리 잡고 있었고 언제부터인가 은근히 신경이 쓰이던 중이었다.

결혼하면서 어머니의 살림살이를 적잖이 나에게 부쳐주시었는데 남의 집 전세집에 왜 그리하셨는지 약간은 야속도 했고 모를 일이었다. 그러나 9남매의 장남 며느리로 시집을 왔으니 그 또한 책임을 지워주시려 강한 연단을 통과시키려 했나보다고 지금도 좋게 생각하곤 한다. 매사에 긍정적인 편인 나는 어차피 내가 해야 할 일이라면 능동적인 마음이 되어야 내게 유익이라는 마음을 먹고 재봉틀의 실을 꿰는 순서부터 익히기 시작하여 마침내는 소품은 물론 아이들의 간단한 옷을 만들어 입힐 정도가 되었다. 사실 이 정도가 되기까지는 그간 부단한 노력이 있었음은 두 말 할 것도 없다.

이 일들을 수행하기까지는 어머니의 부지런함과 매사에 솜씨가 있으신 것과 강한 연단으로 본보기가 되어주신 결과물이었다고 생각한다. 또 한 가지는 내 자신이 맘먹은 것은 해내고야 말겠다는 강인한 정신력 내지는 나와의 싸움이었다. 물론 아무리 훌륭하신 부모님 곁에 있다하여도 내가 마음에 변화할 마음이 없다면 안 되는 일이기는 하지만 말이다.

나는 매사를 주어 진대로 형편껏 열심히 살았다.

어느 날 아니 간간이 몇 번 말씀을 드릴 기회에 나는 어머니께 이렇게 말을 하고 있었다 "저는 항상 친정어머니의 말씀하시던 것을 잊을 수가 없어요. 장남이면서도 시 부모님을 못 모신 것을 언제나 아쉽고 송구하다는 말을 하시곤 하셨어요." 이렇게 어머니께 말씀을 드릴 때 어머니께서는 또 이렇게 말씀을 하시는 것이었다.

"그래 네 마음은 안다만 교회도 그렇고 친구들도 있고 하니 떠나기가 쉽지 않다"는 말을 하셨다.

"그러세요. 그러나 언제라도 어머니께서 서울에 올라오실 맘이 있으시면 전 언제나 환영해요"라는 말을 여러 번 한 일이 있었다.

언젠가 작은 아이가 고3이 되어서의 일이다.

"엄마! 할머니는 언제쯤에 내려가시는 거예요?" 왜? "아니 할머니가 9시만 되면 불을 꺼야 주무실 수 있다고 하시고 나는 공부를 더 해야 하고…"

난 잠시 생각에 잠겼다. 그리고는 이렇게 말을 하였다.

"양수야! 할머니는 우리 집 식구고 한 가족임을 알아라. 잠깐 나들이 갔다 내 집에 돌아오신 거야! 손님이 아니야! 그러니 네가 할머니 계신 동안은 도서관에서 공부를 아예 더하고 주무실 때쯤 오도록 해봐라."

어느새 나는 딸에게 그렇게 매몰차게 이야기를 하는 것이었다.

"엄마 알았어요. 그렇게 해볼게요." 하고 순순이 수긍을 하여서 오히려 딸에게 미안하고도 고마웠다. 그러면서 내심에는 '그래 엄마로서 내가 말을 잘한 거야'라는 생각이 들었다.

그러면서 '장남 며느리로서 하나의 의무감에서 나온 말은 아니었을까? 또 어쩌면 나의 부족함을 스스로 위로하려 드는 말은 아니었을까.' 하고 내 안에서 나를 흔드는 보이지 않는 나에게 묻곤 한다. 그러면서 또 이렇게 스스로 위로를 해보기도 한다.

'그래 억지로 지는 십자가도 복이 된다고 주님이 말씀하셨지 기쁘고 감사하자.'

사실 아이가 고3이면 온 정성을 아이에게 쏟아도 모자란다는 마음으로 대부분 살아가는 우리네의 추세이다.

말이 씨가 된다는 말이 있듯이 어머니는 팔순잔치를 치룬 몇 개월 후 나름 우여곡절 끝에 서울로 올라오시게 되었고 지금껏 함께 살고 있다.

그 서슬이 퍼렇게 당당하고 씩씩한 어머니는 이제는 몸이 많이 야위고 쇠하여졌다. 그러나 아직은 정신력도 강한 편이시고 기억력은 물론이고 틈만 나면 무엇이든 하고 싶어 하는 의욕이 넘치시는 분이시다.

어느 해부터인가 좀 시들해져가고 있지만 해마다 연말이 되면 어린이집을 운영하는 원장들은 누구나 시 세우듯 재롱잔치에 열을 올리던 시절이 있었다. 지금은 아이들을 너무나 시달리게 하면 그 또한 아동학대라 하여 적합지 않다 하여 대부분 자제를 하는 추세이긴 하지만 여튼 그때의 열정은 나도 예외는 아니었다. 재롱잔치 날짜가 정해지고 정신없이 바쁘다가도 날짜가 이틀 정도 남겨놓고는 의례껏 집에 돌아온다 치면 어머니를 학부모님으로 생각하고는 의자에 앉히고서 내빈들께 드릴 인사연습을 하곤 하였다. "어머니 여기 보시구요. 제가 부모님들께 인사말을 잘하나 못하나 잘 들으시고 평가해 주세요. 아셨지요?" "알았어. 어여 해 봐라." 어머니는 신이 난 듯이 귀를 기울이신다. "안녕하세요? 바쁘시고 추운 날씨임에도 불구하고 사랑하는 아이들의 재롱잔치에 많이 와 주신 부모님과 친지 여러분들을 환영합니다!…" 등

"에미야, 참 잘한다." 하시고 또 한편으로는 재미있어 하시고 행복해 하심이 역력하여 나는 그런 어머니를 위해서 무슨 큰일이나 한 것처럼 의기양양하고 흐뭇해한 적도 있다. 또 어느 날은 시누이들이 모인 가운데 손아래 막내(여섯번째) 시누이가 어머니를 모시느라 애쓴다는 말을 하기에 나는 이렇게 말했다. "감히 내가 모신다는 생각은 안 한다."고… "다만 어머니께서 우리를 도와주신다고 생각

하고 있다"고… 사실 지금도 그렇지만 이때만 해도 내가 직장생활을 하고 어머니께서는 맛난 음식도 많이 해주시고 여러모로 생활의 지혜들을 가르쳐주셨기에 감히 모신다고 하는 것은 양심상 맞지 않는 말이라는 생각이 들었기에 말이다.

요즘은 연세도 높지만 추운 겨울이라 그런지 부쩍 거동이 힘이 들어 하신다. 나는 아침에 출근할 때에는 의례 하는 말과 행동이 정해져 있다.

"어머니 집에서 어머니가 해야 할 일은 없는 거 아시지요? 넘어지거나 다치면 안 되니까요! 저번에 베란다에서 넘어지신 일만 생각하면 지금도 가슴이 서늘하다니까요!"그 대신 약속해 주세요. 누워만 계시지 말고 거실을 걸어 다니시고 운동하시고 배고프시면 제가 타 놓은 미숫가루랑 과일이랑 빵 등을 드시고요."나는 이렇게 말을 하고는 주먹을 불끈 들어 홧팅을 하면 어머니도 똑같이 따라 하신다. 그리고 가끔은 문 앞까지 나오셔서 아파트 아래층까지 내려오는 나를 기다렸다가 손을 흔들어 주시기도 한다. 그러면 나는 위로 올려다보며 추운데 들어가시라는 손 신호와 함께 걸어가다가 잠시 잠깐 생각한다. 아직 뒤에서 나를 향해 내려다보실 어머니를 느끼며 돌아보지 않고 손을 번쩍 올리고는 그대로 앞을 향한다. 다시 고개를 돌린다 치면 핼쑥해 지시고 가냘픈 어머니의 모습을 보기가 안쓰럽고 짠하여 뵐 자신이 없기에…

　지금은 비록 기력이 부치시고 모두의 도움이 없이는 생활하기가 어렵게 되셨지만 그동안의 어머니의 나름대로 애쓰신 것을 생각하면 미리 당신이 누리고 도움받을 것을 예금해 놓은 것이라고 믿고 싶었다. 그래서 늙어서 자식의 도움을 받는 것은 너무도 당연하다고 생각한다. 이런 생각 또한 내 스스로 다지고 교만치 않기 위한 방어기제이기도 하다는 생각을 해본다. 또 살면서 나의 마음이 한결같지는 않았으며 변덕도 심하다. 나도 사람인지라 매일 어머니가 예쁘지는 않았다. 그러다가도 어느 날은 아파서 힘겨워하시면 젊은 나도 자주 아프고 힘이 드는데 왜 안 그렇겠나 싶은 생각이 들면 얼마나 마음이 아픈지… 새벽녘에 살그머니 어머니 옆에 누워보기도 하고 다독여 보기도 한다. 그럴 때는 어머니는 어느새 눈물을 훔치시기도 한다. 그런 날은 나는 종일 안쓰러운 마음이 들곤 한다. 또 어느 날은 지나치게 이치에 맞지 않게 고집을 피우시고 씩씩하여 본연의 사나운 모습이 보인다 치면 어느새 마음에 안된 생각이 접어들기도 한다. 이런저런 일을 겪고 지나오다 보니 어느새 어머니와 나는 미운 정 고운 정이 다 들어가며 오늘까지 15년이라는 세월을 달려왔다.

　어느 날은 어머니께 이렇게 떼쓰듯이 다짐을 받아내기도 한다.

아니 어느 면에서는 세뇌하듯이 말을 되뇌곤 한다.

어머니가 잊으면 억울해서 안 된다는 듯이….

"어머니! 나에게 약속해 주실 것이 있어요."

"그게 뭐냐!?"

"어머니가 하늘나라에 가실 때에는요 저에게 이렇게 꼭 말씀해 주셔야 해요. 에미야, 너랑 살아서 행복했다, 이렇게요. 어머니 약속해 주실 거지요?"

"알았어. 꼭 그렇게 말할게."

그러고는 과연 내가 이런 말을 할 자격이 될까? 하여 어머니께 미안하고 죄송한 마음이 들곤 한다. 나는 항상 기도 제목이 있다. 나는 가끔 어머니 앞에서 기도를 해 드릴 때는 언제나 이렇게 기도를 하곤 한다.

"하나님 아버지! 우리 어머니는 성질도 급하고 아픈 것을 못 참습니다. 지금까지는 저와 행복하게 잘 살게 해 주셔서 감사합니다. 꼭 기억해 주실 것은요 우리 어머니께서는 9남매를 아무 허실 없이 잘 키우셔서 제 역할을 감당케 할 정도로 잘 키우셨으니 그 노고를 꼭 기억해 주시고 많은 상급으로 보상해주시기를 바랍니다. 사시는 동안에 질병으로 고통 없게 하시고 늘 행복하고 감사가 넘치는 날들 되게 하셨다가 어느 날 주무실 때 행복한 가운데 고통 없이 어머니를 불러주시기를 소망합니다.

예수님 이름으로 기도드립니다. 아멘"

나는 가끔씩 생각한다. '어머니가 안 계시면 그 빈자리가 엄청
나게 클 거야.'

시어머니 2

    얼마 전 식목일에 98세 되신 시어머니께서 하늘나라로 가셨다. 이날은 이름 있는 날이라 언제까지나 어머니를 기억할 수 있을 거라는 생각이다.

    15년을 함께 살면서 나는 어머니에게 입버릇처럼 어머니의 사랑을 확인이라도 하듯 다짐을 받아내곤 하던 일을 생각하며 부질없다 싶어 가끔씩 눈물을 글썽인다.

    어느 날인가부터는 어머니께서 급격히 음식 양이 줄고 말씀이 없으시다는 센터 측으로부터 전갈을 받게 되면서 시골에 있는 큰 형님을 위시해서 9남매가 번갈아 가며 어머니께 문병차 다녀가곤 하였다.

    식구들은 이제 억울한 연세도 아니고 편안하게만 가시면 다행이라는 생각들을 가진듯하다. 그것은 맞는 말이기는 하겠으나 나는 어머니에 대한 미련이 남았는지 섭하다는 생각이 들곤 하였다. 이 또한 어머니에 대한 나의 사랑이라고 해도 좋을 것이다.

돌아가시기 이틀 전쯤에는 식사도 거르시고 약간의 움직임과 눈을 감고 있는 것으로 봐서 시간이 얼마 남지 않았다는 남편의 말에 정신이 번쩍 들었다. 그리고는 더 늦기 전에 하고 싶은 말을 나눠야 한다는 생각이 들었다. 그날 저녁은 15년을 모시던 중 어머니와 있었던 이런저런 고마운 일들이 주마등처럼 떠올라 울며 밤새 뒤척였다.

　　나는 출근 전 이른 아침부터 서둘러서 어머니를 찾아가 나름 긴 이야기를 나누었다. 아니 혼잣말로 계속 주절주절 지껄인 것이다. 어머니는 내가 말을 할 때마다 몸을 약간 움직이는 것과 눈을 뜨려고 애쓰시는 것으로 반응을 하셨다.

　　"어머니! 저 윤수 에미에요. 큰며느리요! 들리셔요? 가만히 제 말을 들어보셔요. 어머니! 그동안 저랑 잘 살아주셔서 감사드려요. 제가 스물여섯 살에 시집을 왔을 때는 살림에 대해서 아무것도 몰랐지요. 직장생활만 하다가 친정에서 신부수업도 할 새 없이 시집을 왔을 때 난감해하던 저를 어머니께서는 저에게 살림에 필요한 모든 것들을 다 전수해 주셨잖아요. 김치 담그는 것이며 떡을 찌는 것과 젓갈을 담는 방법까지 몸소 본을 보여주셨지요. 그때는 모든 것이 신기하고 재미있었어요. 열심인 저에게 칭찬도 많이 해주셨지요. 오죽하면 어머니께서 저에게 떡 장사를 나가도 되겠다고 하셔서 한바탕

웃던 기억이 나네요. 어머니! 그리고 생각나시나요? 깻잎장아찌를 한 장 한 장을 담다 보니 온종일 걸려 담은 얘기를 했더니 웃으시며 '어쩐지 먹어 본 중 제일 맛있있더라'고 하셨지요. 격려 말씀인 줄 알았지만 엄청 저는 기분이 좋았어요

어머니 한 가지 죄송했던 것은요, 제가 결혼식을 올리고 신혼살림을 시작할 때 저에게 50년 묵었다는 재봉틀과 절구통하며 태어나서 처음 본 것 같은 큰 단지 등을 부쳐주셨을 때는 놀라고 이해를 못했어요. 그래도 큰며느리이기에 바느질도 잘하고 모든 것을 갖춰서 습득해야 하나 보다 하고 열심히 재봉을 배워서 마침내 두 딸 아이들의 옷도 즐겨서 만들어 입히고는 했지요. 힘은 들었지만 얼마나 기뻤는지요. 친정에서는 아무도 이 사실을 믿지 않더라구요, 어머니! 여튼 모든 것이 어머니의 덕분이었어요

어머니! 제가요 평소에 어머니의 사랑을 확인하려고 자주 했던 말들 기억하지요?

이제는 괜찮아요. 제가 먼저 어머니께 고백드릴게요. 저는 15년 간을 어머니와 함께 살면서 많이 행복했어요. 그리고요 하늘나라 가시는 순간까지 저는 어머니와 함께하고 싶었어요. 그러나 형편이 여의치 못했던 점… 아시지요? 저는 어머니께서 저에게 베풀어주셨던 사랑을 언제까지나 기억할거예요.

"어머니! 이 다음에 하늘나라에서 만나요 사랑해요."

얼마 전에는 문협의 문인들과 양평으로 문학기행 중, 도자기 체험장에서 어머니께 드릴 양으로 화병에다 손수 쓴 글을 한 달여 만에 집에 배달이 왔을 때는 이미 어머니께서 이 세상에 계시지 않기에 서러워서 목 놓아 울었다.

'나는 너에게 너는 나에게 잊혀지지 않는 눈짓이 되고 싶다… 며느리 올림'…

슬하에 9남매를 두신 어머니께서는 내가 시집을 오고 얼마 후에 환갑을 치른 기억이 난다. 그때만 해도 아니 팔순을 치루신 후에 큰며느리인 내가 모시는 동안도 얼마나 건강하시고 씩씩하셨는지 목소리도 우렁차고 성격도 급하시고 괄괄하신 분이셨다.

그러나 옳고 그름을 정확히 일깨워주시고 삶에 지혜를 아낌없이 몸소 보여주신 그런 분이셨다. 지금은 세상의 고단했던 삶을 내려놓고 하늘나라에서 영원히 행복한 삶을 누리실 어머니를 생각하고 가끔씩 하늘을 바라보며 그리워한다.

어머니! 사랑합니다….

복댕이 딸

큰딸은 살림 밑천이라! 아니 딸은 엄마에게는 친구라 해도 좋
겠다. 옛 어른들의 말이 하나도 틀린 것이 없다는 생각을 나이가 들
면서 더욱 공감하곤 한다. 내가 어쩌다 무언가 상의할 일이 생기면
일단은 맏이인 큰딸을 떠올리게 되고 멀지 않은 거리에 작은딸이 살
고 있어 언제라도 손이 닿을 수 있음에 위로가 되고 든든하다.

나는 결혼을 할 무렵에 몹시도 몸이 부실하여 주변 사람들을
불안하게 하고도 워낙 비실거리기에 아이를 가질 수 있을지를 염려
하곤 하였다. 그러던 중 한 해를 넘기면서 어느 날 태기가 있음을 알
게 되었다 그렇잖아도 몸을 가누기가 힘이 드는 상황에 아이를 낳는
다는 것은 무리라는 판단에서인지 의사 선생님께서도 좀 더 건강해
지면 아이를 낳으라고 권할 정도였다. 한동안 고민이 되기도 하고 염
려가 되어 방황하던 중, 그래도 용기를 갖도록 힘도 주시고 아이를
낳게 하기 위해 심한 엄포까지 놓으시며 적극 권해주셨던 그분! 마침
내 기한이 차서 아이를 낳으려는 기미가 보일 때도 밤새껏 곁을 떠나
지 않고 시중을 들어주시던 시어머니의 사랑은 두고두고 잊을 수가

없다 비록 지금은 하늘나라로 가셨지만 내 집에서 15년을 사시는 동안 여자로서 또 엄마로서 할 수 있는 모든 것을 전수해 주신 분이기에 늘 감사한 마음이다.

내가 아이를 갖고부터는 귀에 이명도 들리고 걸을 때도 몸이 붕 떠서 다니는 느낌이었으며 손까지 떨리는 등 너무 기력이 없었기에 행여나 나로 인해 태아의 영양 상태까지 결핍될까 하여 나름 메스꺼움도 억지로 참으며 토하고 싶을 때도 온힘을 다하여 참아내고자 애를 쓰곤 했던 기억이 아련하다.

아이는 초산이라 그런지 낳을 시간을 과하게 초과하는 등 아주 힘겹게 태어났다. 이때 시어머니는 아이를 낳자마자 맨 먼저 손가락과 발가락 수를 세어보았다고 하니 늘 상 온 식구들의 걱정을 많이 끼친 것에 대해 지금도 죄송한 마음이 들곤 한다.

그 후에도 행여 부실한 엄마를 닮아서 아이가 병약하면 어쩔까 하고 많은 근심이 되었다. 그런데 아이는 너무도 건강하게 잘 자라 주었다 엄마인 나보다는 아빠의 건강함을 물려받은 듯하여 다행이고도 감사할 뿐이다. 딸아이는 사내아이가 아닌가 싶을 정도로 저질을 하곤 하였지만 건강하고 씩씩하여 한시름을 놓게 되었다. 한마디로 "개구쟁이라도 좋다 건강하게만 자라다오"하며 양가의 가족 모두는 만족했다.

내가 큰딸을 낳던 해인 1982년도에는 "잘 낳은 딸 하나 열 아들 안 부럽다"라는 구호가 국가차원(산아제한정책)에서 마구 나돌았다 이때에 이 구호의 의미는 충분히 알고 있다. 그러나 본래의 의미는 접어두고라도 구호가 아닌 내 딸아이를 위한 딱 들어맞는 문구라는 생각이 들어 만족했다.

아들만 있는 집에서 태어난 이 엄마는 너무도 외로웠기에 딸을 낳음이 너무도 귀하고 또 건강하게 태어났으니 더 바랄 것 없다. 나라의 구호까지도 '잘 나은 딸 하나 열 아들 안 부럽다' 했던가! 나는 이런 딸을 둘씩이나 낳았으니 아들이 스무 명이라 해도 부럽지 않은 복 많은 엄마라고 자부 한다. 두 딸을 낳으면서 나의 몸도 회복되어 지금은 예전에 즐기던 운동(테니스)도 다시 시작할 정도로 건강을 되찾았다.

가끔 나의 딸들과 대화하다가도 어느 순간 감동되어 눈시울이 촉촉해지곤 한다.
이때에 딸 중 한 명이 "엄마 또 우는 거야?" 이 말을 듣는 순간은 콧등까지 알싸하여 나는 멋쩍게 웃곤 한다.

여자로 태어나 때가 되어 결혼하고 또 엄마가 된다는 것은 축복 중 축복이며 자녀로 인한 기쁨은 이루 말할 수 없는 깊은 감동이다. 더구나 요즘에는 아이를 낳아 키우기가 힘든 시대라고는 하지만 아이로 인해서 행복해하는 우리 두 딸들은 기회가 오면 아이를 더 낳고 싶다는 말을 듣고 부모로서 대견한 일이 아닐 수 없다.

나는 이 글을 쓰면서도 나의 두 딸을 생각하니 가슴이 뿌듯하고 벅차다.

복댕이 두 딸아! 비록 부실한 엄마였지만 너희를 낳음으로 인해 새로 태어나는 삶을 얻었구나. 엄마는 너희를 눈물겹도록 사랑한다! 그리고, 할머니의 사랑도 늘 기억하자!

어머니! 매사를 사랑으로 도와주셔서 감사합니다.

부모 거울이 되려면 어떻게 할 것인가

자신감을 가져라

엄마는 도대체 어디서 그런 자신감이 나오는 거야?

우리 딸들은 가끔 나에게 묻곤 한다.

특별히 해줄 말은 없고 그저 내가 하는 말이 있다.

"모든 것이 감사해서… 너희들만 생각하면 좋아서 자다가도 웃는다. 너희들은 이 엄마에게는 감동 자체이지… 어떻게 엄마에게 하나님은 너희같이 귀한 자녀를 선물로 주셨을까? 지금 너희들도 네 아이들을 보면 어떠니!? 엄마와 같은 생각인 거 같은데 맞지?"

모두 활짝 웃으며 끄덕끄덕 수긍하는 눈치다.

"바로 그거야."

부모에게 자녀가 있음은 자신감 자체이며 가슴 설레는 일이라 말할 수 있겠다.

자신이 가진 것에 비해서 또는 내가 느끼는 나의 역량보다 그 이상의 것을 누린다면 과분한 마음과 아울러 부족함을 채우려고 항상 노력을 아끼지 않으리라 생각한다. 그러나 내 능력이 많을 때 아니 내 능력이 많다고 생각될 때 그런데 지금의 내가 하고 있는 일이 그에 못 미칠 때는 자신감은 물론이고 삶이 행복하지 못할 것이다.

언젠가 오래전의 어떤 강연에서 들은 이야기가 아직도 나의 기억에 남아 있다.

어느 택시 운전을 하는 기사가 있는데 그는 대학을 졸업했으며 그 당시에는 대학 졸업자가 많지 않던 때라 제법 갖춘 사람이라고 어느 누구라도 생각을 할 만큼 높은 학력이었던 것이다. 그런데 취직이 계속 안 되고 실망을 하다가 운전하는 것을 궁여지책으로 생각하고 운전을 시작했는데 언제나 만족하지 못했다. 그의 생각과 마음가짐에는 본인 학력에 맞는 직장이 나올 때까지만 이라며 놀 수가 없으니 임시로 운전을 택했다는 것이다. 그러니 행복할 리가 없었다. 그의 품속에는 언제나 사직서를 품고 다니며 '나는 적어도 이런 사람이야' 하며 가끔 품속의 사직서를 꺼내어 보이며 허세를 떠는 모습은 보는 사람으로 안타깝게 만들고 있다고 같은 일을 하는 동료에게서 들은 이야기라며 말을 전해주었는데 참으로 안타까운 일이다. 학벌이 전부가 아닌 것도 인정해야 할 것이지만 늘 들떠있는 마음가짐이 정서적으로 얼마나 피곤했을까 생각을 해보니 참으로 딱한 일이었다.

또 하나의 예를 들었다. 학원에서 명강사로 이름이 난 인기 있는 강사 이야기다. 이는 대학을 나오긴 했으나 아주 이름 없는 지방대 강사와 서울에 있는 명문대를 나온 강사 이야기다. 명문대 강사는 실력이 있었고 모두가 인정은 하였으나 늘 부족한 학생에게 위로자가 되지는 못했다. 그는 공부를 가르칠 때 쉽다고 생각되는 부분을 학생이 뜻을 잘 알아듣지 못하는 것을 도무지 이해하기 힘들어했다. 사람은 영적인 동물이라 말은 안 해도 느낌으로 서로 교감이 이루어지고 서로의 감정도 읽을 수가 있다고 본다. 이때 가르침을 받는 학생에게는 선생님의 기대에 못 미친다는 걸 그리고 힘들어한다는 걸 알아차리고는 실망을 했으리라 본다. 그러나 이름 없는 지방대 강사는 본인이 학창시절 학업에 힘들었던 처지를 생각하고 언제나 부족함을 공감하고 이를 채우기 위해 아이가 쉽게 이해할 수 있는 방법을 찾느라 노력을 아끼지 않았다. 그래서 학생들이 필요한 지적인 욕구를 채워주는데 전념을 다하였다. 그 결과 언제나 강의실에는 아이들이 북적였다. 어느 날 학생들에게 이 두 강사의 다른 점에 대해서 이유를 물었더니 "명문대를 나온 분은요 실력 있는 분이라는 것을 알아요. 그러나 실력도 좋지만 우리에게는 우리 마음을 이해해 주고 알아듣기 쉽게 정성껏 가르쳐주시는 선생님을 더 원해요"라고 하더란다.

분명히 후자인 강사는 노력의 대가에 만족감과 보람을 느끼며 부족함을 채우기 위해 더 열심히 살아갈 것이다. 나 역시도 학생들의 생각처럼 후자인 사람과 같은 생각이다. 나는 나의 능력 없고 부족함이 많은 것에 비해 과분한 삶을 살고 있음을 알기에 늘 감사한다. 그러기에 날마다 부족한 것을 채우고 노력하여 작은 결과물이 나온다 할지라도 감동하고 만족한 삶을 살기에 언제나 감사하는 마음과 자신감이 넘치는 것이 아닐까?

감성을 가져라

나는 가끔 나의 가족과 함께 이야기하다가도 어느 무엇인가 순간 울컥하는 마음에 소리 내어 울기도 하고 식구들과 밥을 먹다가도 어느 생각에 동화되어 감동이 되거나 버거울 때면 참을 수가 없어 방으로 들어가 눈물 콧물을 흘리고 마음에 평정을 찾고 나면 아무 일도 없는 듯 웃고 나와서 다시 숟가락을 들기도 한다. 이럴 때는 모두 놀라며 엄마의 이 황당한 상황에 서로 얼굴을 보며 어깨를 으쓱하기도 한다. 이런 때에 남편의 하는 말이 있다.

"엄마한테 가을이 왔나 보다. 네 엄마는 연기자가 되었으면 아주 크게 되었을 거다."

남편은 언제나 외롭고 힘겹게 자라온 나를 너무나 잘 알고 이해하기에 연민의 정과 아울러 안타까운 마음, 그리고 자식들 보기에 좀 멋적을 때 하는 말인 줄을 나는 잘 안다. 우리 가족은 이런 나를 언제나 좀 특이하고 별난 데가 있다고 생각하곤 한다. 그렇다고 엄마의 이런 점을 불만이 있다거나 야속해하거나 그런 것은 아니란 것도 잘 안다.

난 가을도 잘 타는 편이고 지나치다 싶을 정도로 단순하고도 눈물이 많은 편이다. 그래서 시를 좋아하는지도 모른다. 마음이 고적한 날 아니면 울고 싶도록 복받치는 서러움이 몰려올 때 시를 쓰거나 읊으면 마음이 편하고 많은 위로가 된다.

온갖 시 속에는 삶에 무게와 애환이 들어있어서 나는 그 속에서 나를 들여다보기도 하고 나를 찾아가며 시 속에서 나 아닌 다른 삶들을 느끼며 마음 아파하고 공감하기도 한다.

우리 아이들은 어릴 적에 동시를 곧잘 지었다. 아이가 어릴 적에는 나는 몸이 많이 부실한 편이어서 오랜 기간을 두고 아이들과 갈 수 있는 곳이라고는 고작 놀이터나 가까운 주변 야산을 손을 잡고 다니며 사진도 찍고 시계꽃으로 팔찌도 만들고 목걸이도 만들어 주며 많은 시간을 보내기도 하였다. 그럴 때 나는 아이에게 엄마를 위해 시를 지어 달라고 조르기도 한다. 이럴 때 아이는 어렵지 않게 즉흥시를 지어 들려주기도 하여 이 엄마를 감동시키고 행복감을 느끼게 해주었던 기억이 난다. 한번은 초등학교 때(발산 초등학교) 학교에서 시화전이 열렸는데 큰아이와 작은 아이가 합작으로 그림과 시를 지어낸 것이 학교에서 최우수상을 받았는데 기회가 있어서 몇 년이 지난 후에도 학교에 그대로 있는 것을 확인하니 다시금 새로운 감동 받게 되었던 기억이 난다.

우리 아이들이 적어도 이 엄마가 생각하기에는 글재주가 좀 있었던 것으로 생각된다. 두 아이들이 감성이 풍부한 직업을 갖게 된 것도 어느 정도는 엄마의 역량도 한몫을 한 것이 아닐까?

끈질긴 열정을 가져라

오빠 다섯에 여섯 번째로 태어난 나는 집에서도 주변에서도 귀여움을 독차지했지만 자라면서 너무도 외로웠고 위에 언니나 여동생이라도 있었으면 간단히 해결하고 넘어갈 것도 여자이기에 혼자 감당해야 하는 부분이 많아서인지 나름 힘에 겨울 때가 많이 있었다.

내가 살아온 세대만 해도 아들 선호 사상에 길들여있던 때였지만 나는 아들을 원하거나 귀하게 생각을 해본 적이 없을 정도로 그저 두 딸을 낳은 것이 위로가 되고 감사한 마음 전부였다. 아무리 생각을 다시 해봐도 나는 두 딸을 둔 것은 행운이고 과분하고 대만족이다. 나는 나의 마음속에서 하고 싶은 일이 생기면 설사 내 재주나 실력은 없더라도 온통 그 일에 빠져드는 끈질긴 성격을 갖고 있다.

이웃집에 옷을 잘 만드는 분이 계셨다. 이분은 사람들이 옷을 맞춤 주문하면 옷을 만들어서 파는 일을 하셨다. 나는 틈이 날 때면 언제나 오픈된 이 집을 놀러 가서 옷을 만드는 순서와 옷이 완성되는 것들을 유심히 살펴보기도 하였다 이 일은 볼수록 흥미 있는 일이었다. 어느 날 갑자기 나의 머릿속에 나의 두 딸을 떠올리며 반드시 옷을 만들어 입히리라는 가슴 벅찬 생각이 들면서 더욱 흥미와 이 일에 열정이 생겼다.

어느 날은 손님의 주문 날짜에 못 맞추어 발을 동동거릴 때가 있었다. 그날 마무리 작업은 내가 도와주기로 하였다. 이분은 옷의 마무리는 언제나 손으로 마무리를 하는 것을 평소에 보아왔는지라 나는 이분이 알려주시는 대로 바늘 한 땀 한 땀을 정말 열의를 아끼지 않고 바느질을 해서 주었는데 의외로 만족했다며 많은 칭찬과 아울러 나의 흥미 있어 하는 눈치를 알고는 보답으로 재단하는 법을 가르쳐 주겠다고 하였다.

그 후 나는 몇몇 이웃분들과 재단을 조금 배우게 되었다. 매일 조금씩 알아가는 재미에 나는 밤낮을 안 가리고 재단과 재봉 일에 열중하게 되었다.

이 또한 나의 타고난 재주라든가 뭐 이런 것은 별로 중요하지 않았다 중요한 것은 이일에 관심이 있었고 배우고 싶다는 열망이 넘쳐났던 것이다. 그러면서 나의 두 딸을 생각하면 신이 나고 즐거웠다.

재봉틀에 앉아서 바늘귀 끼는 순서부터 시작하여 직 자와 곡자에 있는 숫자의 기호를 달달 외우고 반듯하게 천을 박는 연습을 하며 줄자로 사람의 몸 치수를 재는 방법과 또 헌 옷을 뜯어서 처음에 재단된 천의 모양과 원리를 생각하고 고민도 하면서 온갖 노력을 아끼지 않았다. 그 결과 나는 간단한 소품은 물론이고 아이들 옷을 만들어 입힐 수 있게 되었다. 내 손으로 아이에게 예쁜 옷을 만들어 입히는 일은 정말로 신나고 그 기쁨은 어디다 비교할 수 없었다. 그러기에 내가 딸 둘을 둔 것은 정말로 신나는 일이 아닐 수 없다. 만일 사내아이였으면 언감생심 어디서 이런 예쁜 옷을 만들어 입히는 한없는 기쁨을 누릴 수 있었겠는가 말이다.

그때는 텔레비전에서 한참 초원의 집을 방영할 때라 주인공 소녀들이 입은 옷은 정말로 예뻤다. 나는 오랜 시간 고민하고 나름 열심히 연구하고 시행착오 끝에 옷을 완성하였는데 가능한 주인공 소녀가 입은 그대로 색을 대비하여 원피스에 조끼며 모자까지 세트로 만들어 입힐 수 있게 되었다. 아이에게 옷을 입혀서 데리고 다니다 보면 어디서 샀느냐고 물어보는 사람이 여럿이 있을 정도로 내가 보기에도 스스로 만족을 느끼기도 하였다.

아이들의 유치원부터 초등학교 시절의 사진을 보면 엄마가 만들어 준 옷을 자랑스럽게 입은 두 아이의 모습은 엄마의 사랑을 확인이라도 시켜 주는 듯하여 대견하고 고맙기도 하였다.

어느 날! 이웃에 살던 교회 집사님께서 붙여준 이름이 있다. 큰아이는 윤수, 작은 아이는 양수 그래서 우리 집을 첫 글자를 따서 "윤양 브띠끄"라고 이름을 지어 주기도 하였다. 그 뒤에도 나는 틈만 나면 옷과 각종 소품을 만드는 일에 열중하였고 어렵지 않게 만들 수 있는 간단한 것으로 나 자신의 옷도 만들어 입기도 하였다. 나에게 있어서 늘 할 일이 있다는 것은 즐거움과 행복함 그 자체다. 지금은 많은 시간이 흘렀다. 아이들이 엄마 손이 안 가도 될 정도로 성장을 하여 제 몫을 감당하게 될 정도로 자랐다.

그러나 나는 그때와는 다른 일이긴 하나 열정은 계속 유지하고 있다고 자부해본다. 이런 영향을 받아서인지 두 딸은 끈기와 솜씨가 제법 있는 편이다.

습관을 키워주자

나는 내 아이의 학습을 학원에 의지하고 싶지 않았으며 스스로 공부의 습관을 키워주고 싶었다. 세 살 버릇이 여든까지 간다는 말이 있듯이 아이들이 저학년일 때부터 공부하는 방법과 습관은 중요하다 싶었다.

예전에 나는 학원 근무를 오랫동안 한 적이 있었기에. 나의 느낀 바로는 초등생 때부터 과외나 학원에 다닌 아이는 학원 선생님에게 학습에 대해서는 당연히 의지를 하게 되고 또 습관이 들어서인지 스스로 하는 공부는 엄두도 못 낸다는 것을 알게 되었다. 대부분은 아이도 부모도 마찬가지였다.

그래서 마음으로 다짐을 하곤 하였다. 나는 자녀에게 어릴 적부터 습관을 잘 키워줘야 한다는 것을… 하긴 큰 실력은 없어도 마음으로 초등생 정도는 내 스스로 가르칠 수 있다는 어느 정도 자신감이 붙은 때문일 것이다. 나는 아이가 글을 알게 된 시점부터는 하루도 빠지지 않을 정도로 숙제와 학습에 필요하다 싶은 것은 모든 관리를 해주었다. 장황하게 내세울 것은 아니겠으나. 몇 년을 계속 일관성 있게 아이를 주시하고 살피는 일은 예삿일은 아니었으며 나와의 싸움이기도 하였다.

일단 아이가 학교에서 돌아오면 숙제부터 하는 습관과 공부했던 것을 잊기 전에 빠른 시간에 하는 복습은 학습에 효과적임을 경험에 의해 익히 알기에 매일 짚어주곤 하였다. 나는 학습에 필요한 책을 산다 치면 언제나 처음부터 마지막 장까지 날짜를 기록하여 하루 할당량의 분량을 한눈에 볼 수 있도록 적어놓았기에 하루라도 잊고 넘어갈 수가 없도록 나름 계획과 머리를 썼던 것이다. 사실 혹독하고 지나치다는 생각이 들 때도 있었으나 실은 나 자신이 세워놓은 룰을 어기어 해이해질까 봐서 나를 다지기 위한 혹독함도 많이 차지하고 있음도 사실이었다.

어느 날은 어찌하다 아이들이 그날 해야 할 과제를 수행치 않

고 그냥 잠이 든 때도 있었다. 곤히 자기에 그냥 놔두고 싶은 마음
이 일었다. 그러나 아이들 마음이 흐지부지 흩어질까 하여 자는 아이
를 깨워서 그날 해야 할 일을 정확하게 시키고 확인을 철저하게 하
고 재우는 등 이런 일은 자주 반복되었다.

그러기에 엄마의 다부진 행동에 변함없음을 포기했는지 아이들
은 자연스럽게 습관이 들어갔다. 주말에 가족 나들이 계획이 있는 날
은 전날에 나들이하는 날짜의 공부할 할당량을 다 수행하여 공부할
페이지에 날짜가 비지 않도록 하는 것도 잊지 않고 실행하였다. 아이
들은 식구들과 나들이 간다는 생각만으로도 즐거운지 아무 불만 없
이 잘 따라주었다. 단, 아이들과 약속하기를 초등학교까지만 엄마가
관리해줄 것이고 나머지는 자율이라고 정해 놓았다. 사실 아이들이
중학교에 들어간다 치면 내 실력이 바닥이 날것이라 자신도 없었으
며 직업을 갖고 싶은 것이 내 소망이기도 하였다. 그도 그럴 것이 부
실했던 나의 건강도 차츰 회복되는 기미를 보였다. 그래서 나는 아
이들이 중학에 들어갈 즈음에 직장을 갖게 되었고 그 이후부터는 한
번도 아이들에게 공부하라고 닦달해 본 기억이 없다. 선행학습이 필
요하면 학원에 가도 된다 해도 모두 마다하고 곧잘 따라가는 편이
었다. 그것은 조용한 가운데 스스로 공부하는 오랜 습관이 들어서
일게다.

그 후부터는 가능한 울타리를 멀리 쳐 놓고 방목 아닌 방목을 하였다. 아이들은 전처럼 엄마의 지시와 관리에서 공부하라는 스트레스는 없어졌으나 스스로 책임의식을 갖는 등 자율적인 공부를 했던 것 같다. 아이들이 고3이 되었을 때도 방학이 되면 여전히 가족과 여행을 하기도 하고 우리 가족은 평소와 다를 바가 없었다. 그러기에 나는 나의 노력한 것에 비해 아이들이 습관이라는 좋은 결실을 잘 맺을 수 있었음에 그리고 잘 따라주었음에 언제나 고맙고 과분하다는 생각을 하고 산다.

지금도 아이 문제로 누구든 상담을 요청하기만 하면 내가 늘 하는 말이 있다. 평생을 아이 문제로 걱정하지 않고 살고 싶으면 몇 년은 시간과 열정을 아이에게 쏟으라고 자신 있게 말을 한다. 그리고 꼭 기억할 것은 일관성을 갖고서 습관을 키워주라는 말도 잊지 않고 해 준다.

그리고 내가 지금까지 한 일 중에서 제일 잘한 일은 아이와 함께 한 시간이라고 말하며…

맡은 일을 즐기면 행복하다

나는 약속대로 아이들을 중학교에 들어갈 무렵에는 건강이 차츰 호전되어 원했던 직장을 구하게 되었고 직장 일에 매진하게 되었다. 초등생 아이들을 가르치는 일이다. 보니 많은 책을 읽기도 하고 많은 것을 익혀야 하기에 책을 가까이하지 않으면 안 되었다. 그러다 보니 실력도 늘어나게 됨을 느끼는 한편 힘도 들었으나 보람이기도 하였다. 쉬지 않고 노력하는 이 엄마의 모습이 우리 아이들이 보기에 굳이 말을 하지 않아도 설득력이 있지 않았을까 싶다.

그 후 아이들은 그런대로 잘 자라주었고 성적도 좋은 편이었으며 어느새 대학에 갈 나이가 도래하였다. 특히 큰딸은 가슴이 따뜻하고 사랑이 많은 것을 감안하여 유아교육을 전공하면 적성에 딱 들어맞는다는 걸 감지하였는데 가족 모두의 생각이 일치하기에 그대로 실행하였다.

반면에 큰딸아이와는 달리 작은 딸아이는 이지적이며 분명하고 일처리가 분명하고 신속하며 합리적인 성격을 가졌다. 나는 이 두 딸아이가 누가 특히 더 낫다거나 아니면 좀 부족하다는 말은 이치에 맞지 않다고 생각한다. 나름대로 각각의 매력을 가지고 태어났다고 생각을 하기에 이 두 딸아이를 보면서 우리 부부는 날마다 신기해하고 대만족이다. 그러고 보니 큰아이 성격은 남편을 닮아서 사랑이 많은 편이고 작은 아이는 나를 닮은듯하다. 남편은 작은 아이처럼 분명해야 이 험한 세상을 살기에 적합하다 하여 이 시대에 맞게 태어났다고 만족을 하고 나는 그도 좋지만 사랑이 많고 넉넉한 큰아이가 위에서 동생을 거느리게 되니 든든하다고 생각하여 그 또한 대만족이라 여기고 있다.

그러고 보니 우리 부부는 서로 다른 점들이 많아서인지 날마다 서로를 신기해하고 늘 감탄을 하고 살고 있다. 이렇게 우리는 삼십여 년 동안이나 오래 살았는데도 남편은 가끔 이렇게 말을 하곤 한다.

"아무리 생각을 해도 당신은 정말로 특이한 여자야" 그런 말을 듣는 나는 나쁘지 않다. 나는 남편의 마음을 잘 알기에 그 말은 좋은 뜻에서 하는 말이라는 것을 …

나는 지금까지의 초등생들을 돌보는 일과는 달리 유아교육을 전공하게 된 큰딸의 앞날을 생각하게 되었는데 같은 방향의 일을 가지고 머리를 맞대고 고민도 하면서 돕고 산다면 행복할 거라는 생각에 어느 시점에 와서는 초등생에 이어서 유아 쪽을 겨냥하여 보육 공부를 다시 하게 되었다. 그리고 지금은 20년을 넘게 어린아이를 돌보는 어린이집의 운영자가 되었다.

언제나 일을 즐기고 사는 나는 내가 맡은 이 아이들에게 유익한 것이 무엇이 있을까 다시 행복한 고민에 빠지게 되었다. 아이들의 아름다운 성품과 감성을 키워주어야 한다고 생각을 하다 보니 이에 걸맞은 일을 계속 찾게 되었고 또 시도하게 되었다. 마침내 생각한 것이 옳으며 필요하다고 느꼈을 때 그리고 누가 시켜서가 아닌 나자신이 즐거운 마음이 들 때는 하시라도 늦추지 않는 나의 성격이기에 나름 열정과 감사함으로 노력한 결과의 대가가 주어지게 되었다. 지금은 제일 높은 경지의 1급 동화구연가가 되었고 또 시인과 시 낭송가도 되었다. 가끔 아이의 연령에 맞는 재미있는 동화책을 여러 권 골라서 녹음작업을 하여 어린이집의 각반 아이들에게 들려주기도 하고, 부모 참여 수업 중 동시 발표회가 있는 날에는 어머니들에게 "어린 시절부터 시를 좋아하고 아름다운 시를 외우는 일을 즐겨 하면 성품은 물론 정서적으로 안정되어 적어도 이 원장처럼 될 수 있답니다" 하는 너스레와 함께 시범으로 시를 낭송하여 시작을 알리는 등, 나름 주어진 일에 보람을 느끼며 살아가고 있다.

그렇다. 우리는 무슨 일을 하든 능동적인 마음으로 일을 즐겨야지 수동적이 되어서는 결코 행복할 수가 없다고 본다. 나의 이 어린아이를 돌보는 일은 정말로 가슴 떨리고 조심스러운 일이 아닐 수 없다. 어찌하여 무슨 권한으로 이 귀한 어린 생명들을 가르치고 훈계하며 살아갈 수 있단 말인가 실로 이 귀한 생명들의 성품은 80% 이상이 이 유아시기에 형성이 된다 하니 아이들을 맡고 있는 교사들이라면 당연히 막중한 책임감과 사명감을 가져야 한다고 누구이 다 지고 또 교사들을 권면하고 있다. 그도 그럴 것이 아이를 우리 교사 손에 맡기고 믿어주고 지지해주는 아이의 어머니에게 보답하는 길은 아이를 잘 돌보는 일임을 우리는 잘 알기 때문이다.

함께하는 우리 교사 선생님들은 과분하게도 원장인 나로 하여금 많은 자극과 도전을 받는다고 말 들을 하곤 한다. 어떤 교사는 원장인 나의 흉내를 내보려 부지런을 떨어 봐도 잘 안된다고 하며 그러나 오래 함께하면 은연중에 학습이 되어 본인도 모르게 비슷해지기도 할 거라는 말을 듣고 보니 나는 막중한 책임감과 고마움에 무게를 더해지고 있다. 어쨌거나 믿고 따라주고 공감을 아끼지 않는 이분들이야말로 동력자로서 나의 힘의 원천이라 믿어 의심치 않는다. 언제 어디서나 열심히 맡은 일을 즐기다 보면 언젠가는 행복은 저절로 따라온다고 확신한다.

면역력을 키우자

요즘에 신문 지상에서나 온갖 매스컴을 통하여 사건 사고들이 계속 늘어가고 그로 하여 번번이 걱정과 실망의 소리가 높아지고 정서가 메말라지고 있음에 안타깝다. 그중에 자살은 왜 그리 많이 늘고 있는지 또 왜 그리 생각 없이 남을 해코지하는지 연일 조용히 넘어갈 때가 없을 정도로 심각한 일이 비일비재하다.

분명히 이는 인간의 존엄성이 무너지고 나약하여 어떤 역경에도 참고 견디며 어려움을 이길 수 있는 의지력과 면역력이 결핍된 때문이리라 본다.

우리들은 생명의 소중함을 알아야 하겠다. 내 몸은 내 몸이면서 내 몸이 아니라는 것을 알아야 할 것이다. 나 한 사람의 자리를 꿋꿋하게 지키는 것이 얼마나 중요한지 일깨워주고 또 스스로 알아서 깨닫도록 어른들이 모범을 보여줘야 할 것으로 본다. 그러자면 우리 자녀에게 면역력을 키워줘야 할 것이다. 그럼 어떻게 해야 할 것인가 고민을 해보고자 한다.

한 가정에서 일어나고 있는 일들을 자녀들이 알면 걱정할까 봐 쉬쉬하는 경향은 없어야 할 것이다. 함께 고통을 나누고 해결하고 그런 후에 함께 안도하고 노력의 결과물을 실지로 경험하게 하여 가족 간의 결집력을 키우고 희로애락을 자연스럽게 함께 풀어가는 생활을 해야 할 것이다. 어려운 일도 맞들면 반으로 줄어들고 기쁨을 나누면 배가된다고 한다. 맞는 말이다. 무엇이든 혼자 해결을 하려면 엄두가 나지 않아서 쉽게 포기를 하게 되지만 일단 나의 힘겨운 부분을 마음 문을 열고 진지하게 도움을 청하면 도움의 손길은 찾아온다고 확신한다.

도움을 요청하는 것도 용기라고 본다. 조금만 생각을 진지하게 하고 쉽게 해결을 할 것도 엄두를 못 내고 망설이다. 진짜 큰일을 거스르게 된다면 그 또한 딱한 일이 아닐 수 없다.

대부분은 서로 대화의 부족으로 마음의 소통이 잘 안 되어서 또는 우리 사회 구조상 맞벌이를 해야만 하는 가정이 늘어나면서 자녀가 늘 혼자 있는 시간이 늘고 식구들이 함께하는 기회가 많지 않고 서로 마음을 읽을 기회가 없어 마음 둘 곳 없는 것이 큰 요인 중 하나라고 생각된다.

또한 주변을 살펴볼 때 대부분의 아이는 성장하면서 어머니에게로 쏠리는 경향이 많고 어떤 의논을 한다거나 문제가 생겼을 때에는 늘 엄마를 찾게 되고 도움을 청하며 또 웬만한 해결은 엄마가 하려 하는 경우를 자주 보게 된다. 그러기에 아빠의 자리가 허술해지고 집안에서 일어나는 모든 일을 엄마가 개입을 안 하고는 안 되는 지경에 이른 경우를 많이 보아왔다. 안타까운 일이 아닐 수 없다. 이제는 달라져야 하지 않을까 생각한다. 아빠들은 아직도 가부장적인 경향이 많고 직장일이라는 명분으로 함께 머리를 조아려도 부족한 부분들 임에도 불구하고 아이 엄마에게 미루는 등 아이의 교육이나 제반 필요한 부분을 관여하려 하지 않고 함께하지 않는 경향이 있음을 알 수 있다. 이렇게 되면 점점 가정 일에서 멀어지고 가장으로서 스스로 자리를 잃게 될 것이다.

이제는 내 자리는 내가 스스로 찾아야 할 때다. 이는 누가 대신해 줄 수는 없는 부분이라고 생각한다. 모든 것들은 내가 처신 한 만큼 대가는 꼭 치러야 됨을 알아야 할 것이다. 지금은 많이 바뀌기는 했다지만 게 중에 아들을 가진 어떤 엄마는 아직도 내 아들이 장가가서 부엌일을 도와주는 일을 달갑지 않게 생각을 한다며 어느 날 아들 집에 갔을 때 아들이 집안일을 하고 있으면 속이 틀어진다는 말을 들은 적도 있다. 이 또한 생각을 바꾸지 않으면 안 되겠다. 예전에는 남자는 밖에서 일하고 가족을 부양하며 여자는 안에서 아이들을 키우며 남편 뒷바라지를 해왔다.

그러나 지금은 모든 것이 달라졌다. 대부분의 여자도 집안에서 살림만이 아니고 남편 못지않게 지적 능력을 갖추고 있고 밖으로 나와 일을 할 수 있는 능력을 갖추고 있으며 또 필요에 의해서 일을 해야 하는 시점에 이르렀다. 그러기에 서로 평등하게 일을 하고 함께 돕고 협력하지 않으면 아이를 양육하는데 균형을 이루지 못하여 가족 모두가 많은 어려움을 겪게 된다고 생각한다.

앞에서 언급했듯이 남자 틈에서만 자라왔던 나는 엄마로서 조분 조분하고 자상하고 자애로운 어머니상은 아닌듯하다. 덜렁거리고 단순한 성격이고 잘 잊어버리고 게다가 여자아이들의 마음을 잘 헤아리지 못하는 편이다. 그런 중에 천만다행인 것은 남편은 어머니를 비롯하여 누나와 여동생 등 여자 일곱 틈에서 자라서인지 여자들의 성향에 대하여 너무나 잘 알고 있다. 그래서 그런지 나 자신이 갖추지 못한 부분들을 보완하고 채우기에 충분하다고 할 수 있겠다.

남편은 여자들이 하는 대부분의 일을 잘 이해하였고 우리 두 딸들이 원하는 것을 잘 알고 또 잘 들어주는 편이었다. 나는 남편이 하는 행동 하나하나에 신기하고 놀라울 때가 많다. 아이를 키울 때는 주변에서 부러워할 정도로 잘 도와주곤 하였는데 그 덕분에 나는 내가 가지지 않은 다른 부분을 많이 배우게 되었다.

가령 시간이 허락되는 대로 우리 가족은 시장을 갈 때도 모두 함께 가서 맛있는 것도 사 먹고 집에 올 때는 산 물건들을 다 나누어서 들게 하고 또 비닐 끈이 아플까 하여 두꺼운 종이를 접어서 감싸서 들게 하고 체계 없이 정리정돈이 허술한 나를 몸소 본받도록 하는 등 언제나 세세한 생활의 지혜들을 터득하게 해주었다. 우리 가족은 어디를 가더라도 가능하면 모두 동참하였는데 아이가 대학에 다닐 때 친구와 약속을 할 때도 먼저 가족의 주말 계획을 확인할 정도로 가족애가 돈독한 편이다. 지금은 아이들이 모두 결혼을 하여 생활을 잘 꾸려가고 있음은 남편의 자상함과 배려로 가족 모두가 온갖 희로애락을 함께한 훈련으로 어려움이 있어도 어느 정도는 헤쳐나갈 수 있는 힘이 키워지지 않았을까 생각해본다.

가능한 식구가 모두 함께하는 시간을 늘려서 크고 작은 모든 일들을 다 같이 알리고 문제를 해결하여 그 가운데에서 해답을 찾게 된다면 세상 살아가는 방법과 지혜를 터득하게 되면서 아이들도 문제를 해결하고 대처하는 능력과 면역력도 자연히 키워질 것이라 확신한다.

봉사를 하고 살자

나는 지금까지 살면서 제일 중요하다는 건강 문제와 또 다른 수많은 여러 어려움도 많이 있었으며 시행착오도 많았었다. 그러나 나름 열심히 살았다. 그래서인지 그에 맞는 복이 따라오게 되는 행운을 얻게 되었고(여기서 말하려는 복은 꼭 금전적인 것만은 아니다) 하루하루의 삶이 곧 인생이라고 한다면 하루라도 삶을 허비하면 안 되며 가슴 떨리는 마음가짐으로 진지하게 임해야 된다고 믿는다. 그러기에 인생이란 잘 가꾸기만 하면 보람이요 좋은 결실을 맺는 것은 기정사실이 아닌가 하는 생각이 든다.

나는 가끔 남은 삶을 어떻게 하면 잘 살 것인가 고민을 해 보기도 한다. 후회 없는 삶을 살아야 하겠는데 어떻게 하면 잘 사는 것일까? 그간에 받은 은혜와 사랑을 보답하고 사회에 환원하는 뜻에서 이제는 나 아닌 다른 사람을 위한 유익한 일을 하며 살아야 한다는 생각에는 변함이 없다

어느 날 나는 기자 일을 하는 작은 딸과 진지한 이야기를 하게 되어 딸의 주선으로 우여곡절 끝에 마침내 나의 적은 재능을 기부할 수 있는 기회를 찾았고 목적한 바를 성취하게 된 점에 대해서 나는

너무도 기뻤다.

그것은 다름 아닌 인천 가톨릭 재단에서 위탁 운영하는 부천에 있는 해밀 도서관(통합) 내에 시각장애인협회가 있고 이곳 건물 2층에는 시각장애인을 위한 점자 녹음실이 있는데 이곳에서 한 주에 2시간 정도 녹음 낭독봉사를 하는 일이었다. 이 일은 시간이 허락한다거나 원한다고 다 되는 일은 아니었으며 적어도 일 년 정도는 발음이나 발성연습이 되어있어야 가능한 일이었다.

나는 다행히 오래전부터 스피치 쪽으로는 약간씩 단련되어 온 터라 연습시간을 많이 단축할 수가 있었다. 연습 후에도 처음에는 길지 않은 문장부터 시작하여 차츰 긴 문장으로 늘려나가는 연습이 필요했다. 무슨 일이든 쉬운 것부터 시작해서 자신감이 붙을 때 차츰 힘든 것도 감수할 수 있기에 그렇다. 한동안은 나의 정서와 감성에 맞는 짧은 시집으로 시작하여 에세이집 그리고 지금은 주로 페이지 수가 제법 많은 소설을 읽으며 녹음작업을 계속해오고 있다. 그렇다고 아무 책이나 혹은 내가 좋아하는 것만은 아니고 검증이 되고 무리가 없는 것으로 협회에서 정해주는 어느 누가 들어도 유익한 양서를 읽는 일이기에 더욱 보람스럽다. 이렇게 작업이 끝나면 전문가의 손길에 의해서 여러 번 교정을 보고 재녹음을 한 후에 CD로 만들어지고 이는 전국에 있는 시각장애인협회에 E mail로 보내져서 쉽게 꺼내어 쓰는 등 전국 곳곳에서 서로 공유한다 하니 보람은 이루 말할 수 없다.

그런데 어찌 된 일인가!

솔직히 이 일을 열심히 한다. 하여 생활에 보탬이 된다거나 유익이 따르지 않는데 대가도 없는 이 일이 왜 즐겁고 보람이며 행복할까를 생각해 보았다. 역시 그것은 나 혼자만 행복한 것은 진정한 행복이 아닌 것이다. 우리는 함께 행복해야 하고 함께 느끼고 서로 부족함을 채워주면서 사는 것이 진정한 행복인 것을 알게 하신 하나님께 감사한다.

아무리 맛있는 음식도 혼자 먹으면 식욕도 없고 별 맛도 없으며 부족한 가운데에 있더라도 여럿이서 나눠 먹으면 더 맛도 나고 적당한 욕심도 일어나며 의욕도 생겨날 것이다. 더불어 사는 것을 좋아하는 아주 순수한 마음을 가진 것이 우리 인간인 것이리라. 그러기에 이 일이 보람인 것은 조금이나마 다른 이들을 위하고 돕는 일에 기쁨과 사랑하는 마음을 알게 하는 것을 대가로 주신 것이리라.

마음에서 우러나오는 사랑하는 마음이야말로 어떤 것과도 바꾸고 비교할 수 없는 귀한 것 중에서 으뜸이리라. 나는 올해로 7년

차에 봉사활동을 하고 있으며 힘이 다할 때까지 이 일은 계속해 나갈 것이다. 그리고 가능하다면 시간이 허락되는 대로 열심히 봉사할 곳을 찾아서 삶을 좀 더 아름답게 가꿔나가기를 소망하고 있다.

일전에는 추석 명절을 앞두고 아이들에게 예절교육을 시키기 위하여 아파트에 있는 노인정을 찾아가게 되었다. 어른을 뵈러 갈 때는 잡수실 것도 준비해야 한다며 아이들에게 교육상 자세히 얘기를 해주는 것도 잊지 않았다. 원에서는 음료와 떡을 준비하였고. 할머니들은 반갑게 우리를 맞이해 주셨다. 그동안 갈고닦으며 준비해온 어린이집 아이들의 재롱을 보여드린 후 할머니들과 투호놀이 등 전통놀이를 하기도 하고 할머니들의 어깨도 주물러 드렸다.

그런 후 나는 할머니들께 우리 아이들을 위해서 덕담을 한마디씩 해 달라고 조르니 멋쩍어하시면서도 다들 좋아하셨다. 처음은 어색해하셨으나 아름다운 덕담들이 줄줄 쏟아져서 정말 흐뭇한 분위기가 만들어지고 행복한 시간을 보내게 되었다. 거의 마무리 시간이 왔다 싶었는데 생각지 않게 아이들 담임선생님께서 "우리 원장님은 시 낭송을 정말 잘하십니다. 한 수 들려달라고 하시지요."라고 하는 바람에 분위기는 더 무르익었고 시 낭송으로는 윤선도 님의 '오우가'와 서정주 님의 '국화 옆에서'를 들려드렸는데 할머니들이 그렇게 좋아하실 줄은 미처 몰랐다. 낭송을 시작하자마자 어르신들은 하나같이 눈을 감고 시 속에 담긴 의미를 찾는듯하였고 그 속에서 행복을 느끼는 그 모습은 순수하고 천진한 소년과 소녀들임에 분명하였다.

나는 가슴이 뭉클하게 저려오면서 아름답다는 생각까지 들었다. 그렇다. 이분들이 애초부터 할아버지와 할머니였던 것이 아닌 것이다. 어린아이 시절을 거쳐서 수많은 세월을 희로애락을 겪으면서 비로소 완숙된 열매로 익어진 것이다. 이분들의 모습은 미래의 나의 모습이 아닌가! 이분들 중에는 나름 행복하게 사시는 분들도 계시지만 외롭고 삶을 힘겨워하며 사시는 분들도 계심을 나는 잘 안다.

나는 이곳에서 근무한 지가 벌써 십여 년이 흐른 터다. 그리고 우리와 같은 건물 안에 노인정이 있는 관계로 매일 아침 현관문을 함께 사용하기에 더욱 친숙함이 있는 것 같다. 어떤 때는 졸지에 세상을 떠났다는 매우 정겨웠던 할머니의 슬픈 소식과 또 어떤 때는 어느 할머니가 다쳤다는 등 어르신들의 근황은 물론 이분들의 웬만한 신변의 일들을 어느 정도 꿰고 있게 될 정도가 되었다.

그러기에 할머니들 대부분은 원장인 나를 많이들 좋아하게 되었으며 더욱이 친숙하고 좋아하는 사람을 통해서 교육적인 의도이긴 하겠으나 한 기관의 장으로서 아이들을 인솔하여 어른들을 기쁘게 해주려고 하는 점과 손수 시 낭송을 들려줌으로써 더욱 감동해 하시고 행복해하시는 것이 아니었을까 하는 생각이 들었다.

올해의 아이들 예절교육은 그 어느 해보다 진지하고 아이들에게 기억에 남을 어른 공경을 위한 교육다운 교육을 했다는 생각이 들게 되면서 행복은 멀리 있는 것이 아님도 새삼 느꼈다. 삶이 고달 플수록 누군가 자주 찾아주고 서로 위로와 격려를 해주며 함께 하는 삶을 살 때만이 진정 살맛 나는 세상이 되리라 확신한다.

때 늦은 후회

내가 결혼한 지는 올해로 40년하고도 2번째 해로 접어들었다. 세월은 쏜살같다더니, 어찌나 빠른지… 하긴 그동안에 되어진 일들로 보면 지난 세월의 흐름을 결코 무시해서는 안 될 것이다. 그리고 사람이란 아무리 정직하게 열심히 살아왔다 해도 이 세상을 살면서 마음 한켠에는 석연찮은 일들이 적어도 하나쯤은 있을 것이리라. 나 역시도 마찬가지다. 그중에서도 한 가지 일은 나의 머리에서 못내 지울 수가 없다. 어찌나 바쁘게 또 정신없이 살아온 탓인지 이리도 속마음을 들여다보는 일들이 심심찮게 늘고 있다는 것은 어찌 보면 나에게는 사치가 아니면 그나마 비로소 마음의 여유와 평정을 찾아간다는 것일 게다.

하긴 새파랗게 젊은 날의 새댁이던 때가 엊그제 같은데 이제는 할미 소리를 들으니 처음 한동안은 낯설기도 했지만 이제는 당연함과 사랑스런 손자들의 재롱으로 들리니 세월이 공 없이 그냥 지나가는 것만은 아닌가 싶다.

남편의 형제는 아홉 명이다. 그중에 손위 시누이 넷 다음인 다섯 번째가 나의 남편이고 아래로 시누이 둘과 여덟 번째와 아홉 번째가 시동생이다. 태어난 순서로는 다섯 번째였지만 남자 형제로는 장남이고 집안의 맏이이다. 생각해보니 결혼 당시에 아홉 번째인 시동생은 본가인 충청도 대전에서 대학교초년생이었던 기억이고 그해 말경에 역시 충청도 대전 생인 나는 서울에서 직장을 다니는 지금의 남편을 만나 서울로 시집을 온 것이다.

시아버님이 일찍 돌아가셨기에 그동안 손위 시누이들이 얼마나 애를 쓰셨을까 짐작이 갔다. 그 후 시동생 밑으로 학자금이나 어느 정도의 뒷바라지는 맏이인 형으로서 또한 당연한 것으로 여겼다. 그도 그럴 것이 자라면서도 의례히 장남이나 장남며느리는 그 집안의 대들보로서 부모나 다름이 없는 존재라는 것과 형편에 따라서는 부모의 역할을 대신해야 함도 당연하다고 배웠기에, 형으로서 또 형수로서 보탬이 되고자 다부진 노력은 물론, 힘에 겨워도 자부심을 가지고 만족하곤 하였다.

몇 해가 지나고 시동생은 대학 졸업을 하게 되었고 직장을 잡는 일만이 남아있었다. 나는 이제 할 일을 다 했다는 안도감 내지는 별 생각이 없이 지낸 것이 문제였다.
어느 날인가 집안 행사로 식구들이 모였다가 모두 돌아간 후에 보니 시동생은 지갑을 떨어뜨리고 고향집으로 내려간 일이 있었다. 생각이 짧았던 나는 필요하겠다 싶어 무심코 지갑을 우편으로 보냈다. 그리고는 아차 하는 생각이 드는 순간부터 오랜 세월이 지난 지금까지도 후회스런 마음의 대가를 혹독하게 치르게 되었다.

인정머리 없게도 미처 직장이 없던 시동생을 위해 지갑에 얼마라도 채워서 보낼 것을 왜 그리했을까… 사려 깊지 못했던 행동에 형수로서 두고두고 마음이 시리고 아픈 기억이 나를 괴롭히곤 했다. 그러나 때늦은 후회가 무슨 소용이 있으랴!

그럼에도 구 남매의 맨 종말이인 사랑스런 시동생 나의 도련님은 결혼하여 두 딸의 자상하고 좋은 아빠가 되었고 고위직 법원공무원으로서 만족한 정년을 거뜬히 끝내고, 충청도의 한적한 곳에서 살면서 새로 마련했다는 농가를 오가며, 시골 농부처럼 수염도 기르고 인생의 말년을 유유자작하게 생활하는 모습은 보기에도 참 좋다.

늘 나의 머릿속에는 시동생은 막내이고도 내리사랑이라 그런지 또, 시댁과는 같은 동네 혼인이었고 어려서부터 늘 상 봐왔는지라 지금도 어릴 때의 모습 그대로 사랑스럽고 귀엽다는 생각을 가지고 있다. 시동생은 평소에도 별 말이 없는 편이지만 언제나 조카들의 예쁜 사진을 지갑에 넣고 다니다가 결혼을 할 즈음에는 어머니를 통해서 돌려주기에 앨범에 꽂으며 나름 감동을 받은 기억도 아련하다.

일전에는 남편과 1박을 하며 가벼운 여행을 하던 중 이런저런 일들로 대화가 오가던 끝에 지금까지의 가슴에 묻어둔 심정을 맘속에 담고 있기에는 너무나 버겁다는 생각이 들어 울컥 눈물과 함께 오래전의 후회스럽던 일을 남편에게 쏟아놓았다. 나의 마음속의 이야기를 진지하게 듣던 남편은 고개를 끄덕였다. 그리고 나를 토닥였다

아무 말도 없이…그 후 나는 한결 마음이 가벼워짐을 느꼈다.

도련님! 미안해요…

모시옷과 삼베 홑이불

어머니!

언제라고는 기억에 없지만 바느질 솜씨가 유난히도 좋으셨던 어머니는 당신의 큰아들에게 입히실 요량으로 모시로 옷을 한 벌 정성껏 지어놓으시더니 곧 이어서 며느리인 저의 모시 적삼도 손수 지어놓으셨지요. 지금은 예전처럼 모시옷을 입은 사람을 본지가 꽤 오래된듯합니다. 그러나 저는 이제 할미 소리도 듣고 그 할미라는 소리가 어색하지 않으니 내년 여름부터는 어머니께서 손수 만들어 주신 모시 적삼을 즐겨 입을 겁니다. 당연히 어머니 아들인 제 남편에게도 시원한 모시옷을 손질해서 함께 자랑스럽게 입을 생각입니다.

몇 년이 지나면서도 특별히 입을 기회가 없었고 가끔 해가 지나고 계절이 바뀔 때에야 어머니의 마음을 생각하며 아들의 모시옷을 한번 어루만지곤 하지요. 그리고는 저의 모시 적삼에 손수 야무지게 꼬아 만드신 천 단추를 눌러도 보고 요리조리 살피며 다시금 어머니의 고마움을 생각한답니다.

올 여름은 몹시 더웠답니다. 기상 이변으로 많은 사람이 난생처음 겪어야 하는 물난리와 끔찍한 더위를 겪어야 했지요. 앞으로 어떤 세상이 올지는 아무도 모르지요. 그러나 자연이 부여하는 대로 순응하며 그러려니 살아야 하는 것이 우리들의 삶이겠지요. 이제 모든 것을 받아드릴 마음의 준비가 자연스러운 것을 보면 이 또한 살면서 곰삭아진 마음의 여유가 아닐까 생각해 봅니다.

어머니!

어머니 살아 실제, 언제나 여름이면 손수 삼베 홑이불을 만들어 아들 요에 붙여서 몸이 시원하고도 땀에도 붙지 말라고 꿰매 주시곤 하셨지요. 올해도 그때의 고마웠던 어머니를 생각하며 정성껏 넣어 두었던 삼베홑이불을 꺼내어서는 밤늦게까지 어머니의 아들 요에 붙여서 꿰매어 깔아주었지요. 그리고는 제가 어머니의 아들에게 물어봤어요.

"어머니의 아드님 시원하십니까?"

어머니의 아들이 등이 시원하다고 합니다. 제가 또 한마디 했지요.

"애미야~ 참 잘한다. 어찌 너는 내 맘을 그리도 잘 아냐 그러시네! 하늘나라에서 어머니는 나를 칭찬하고 계셔! 나는 알 수 있거든!"

어머니의 아들은 아무 말 없이 생각에 잠겨 있었어요. 원래 말이 없는 어머니의 아들이지만 가슴으로 어머니를 하염없이 그린다는 걸 전 잘 알고 있답니다.

어머니!
저 역시도 어머니와 살면서, 사랑을 확인이라도 하듯 즐겨 다짐 받곤 하던 말들을 생각하면 지금도 이 부족한 며느리는 눈물을 주체할 수 없습니다.
오늘따라 왠지 어머니 생각이 간절하고 보고 싶습니다.
어머니랑 살면서 제가 많이 행복했답니다…

행복의 샘

우리가 하루하루의 삶을 살아가면서 아무 조건 없이 아니 아무 거리낌 없이 그저 마냥 귀엽고 사랑스런 상대가 나의 곁에 있다면 그리고 그 사랑을 듬뿍 주고 또 받고 산다면 그 사람은 어느 누구를 막론하고 성공한 사람 아니 진정으로 행복한 사람이라 자신 있게 말할 수 있겠다. 그런 사람은 다름 아닌 손자가 있는 사람은 어느 누구라도 공감을 하리라.

나는 딸을 둘을 둔 엄마이며. 딸 둘은 다 결혼을 하였다. 큰딸은 결혼하여 아들 셋을 낳았고 작은딸은 아들을 하나 낳았다. 좀 있다가 아이를 더 낳을 계획에 있다고 한다. 나름 기특하다는 생각을 한다. 옛날 같으면 대부분 딸은 엄마를 닮는다는 말이 있으나 그런 말은 이제 별 의미가 없나 보다. 나의 딸들은 이 엄마와는 달리 아들을 많이 낳았으니 말이다. 여하튼 더 이상 바랄 것이 없음은 이 아이들(손자들)에게는 언제나 사랑과 행복의 자양분이 한없이 샘솟듯 하다는 것이다. 눈앞에서 보고 있지 않아도 생각만으로도 충분한 감동과 사랑하는 마음이 넘쳐나기에 어느새 입가에는 미소가 번지고 삼삼해지면서 보고 싶어지니 이보다 더한 행복이 또 어디 있겠는가 말이다.

우리 가족은 근 6년을 4대가 한집에서 살았다. 불과 1년 전까지는 말이다. 처음에는 나의 시어머니와 우리 부부 그리고 두 딸과 함께 살다가 두 딸 모두 결혼을 하였다.

그 후에 서로의 필요에 의해서 큰딸 내외와 한집에서 살게 되었고 6년을 사는 중에 나의 큰딸은 아들 둘을 낳아 초등학교에 들어갈 즈음인 작년에 분가하였다. 분가 후에도 아들 하나를 더 낳아 지금은 아들이 셋이 되었다.

4대가 살기 시작하고부터는 조용하던 집안이 차츰 손자 아이들이 늘어나면서부터 늘 분주하기는 해도 활기가 넘쳐서 좋았다. 그러나 언제나 내 마음속에는 부담감이 있었다. 딸 사위와 손자들이 여러 해 동안을 함께 살면서 행여나 시어머니께서 나의 손자 아이들 때문에 힘이 드시는 것이 아닌가 생각이 들면 무척 죄송하기도 하였다. 그도 그럴 것이 어머니께서는 우리 부부와 함께 살 때보다는 식구들이 늘어남에 따라서 이런저런 일로 도와야 할 일들이 많았기에 은근히 눈치가 보이곤 하였기 때문이다. 그러나 고맙게도 나의 시어머니께서는 아이들(증손자) 재롱에 시간가는 줄 모르게 지나갔다 하시니 감사한 일이 아닐 수 없다. 그러고도 이 아이들은 어느덧 훌쩍 커서 초등학교에 들어가게 되니 참으로 감개무량하다.

얼마 전에는 나의 생일을 집에서 치르게 되었다. 모두가 외식하자고 하였으나 손자가 4명이나 되니 밖에서 편안하게 생일상을 받기가 엄두가 나지 않았다. 서로 고민 끝에 내 집에서 편안하게 치르기로 하였는데 만들기 힘든 음식은 배달을 시키고 나머지 부족한 것은 두 딸이 음식이 겹치지 않게 여러 가지 먹거리를 준비해 왔다. 그러고는 각각의 봉투에 축하금으로 용돈을 넣어서 이 엄마에게 주는 것이었다. 큰딸 손자와 작은 손자도 편지를 써서 나에게 건네주었다. 큰딸 손자(초등 2년)는 봉투 뒷면에 "할머니 생신을 축하합니다!" 이렇게 종이에 써서 스카치 탭으로 붙여있었고 또 앞면을 보니 뚜껑이 있는 부분도 스카치 탭으로 단단히 붙여있었다.

나는 봉투 안에 무엇이 있길래 이리 단단히 봉해 놨을까 하여 궁금했지만 아마도 이 할미에게 사랑의 메시지라도 들어있겠지 하는 생각이 드는 것이었다. 그래서 나는 나름 아꼈다가 식구들이 다 돌아간 뒤에 오붓하게 행복을 느끼며 뜯어 봐야겠다고 마음을 먹었다. 그런데 큰딸 손자는 방으로 들어가다 말고는 부끄러운 듯 나를 힐끗 보며 "할머니~ 내 것도 빨리 뜯어 봐야 하는데…" 하며 나름 의미 있는 눈짓을 하고는 부끄러운 듯 얼른 방으로 들어가는 것이다. 그래서 우리 식구들은 심오하게 말하는 큰 손자 의 말투에 모두가 편지내용이 궁금해하는 눈치였다.

대부분은 제일 먼저 태어난 손자에 대해서는 각별한 듯하다. 내리사랑이란 말도 맞는 말이긴 하지만 첫정이라 그런지 유난히도 든든하고 대견스러움에는 어쩔 수 없나 보다. 큰딸 손자는 피부도 까무잡잡하고 원래 말이 없으며 늘 상 퇴근하여 저녁에 집에 들어가도 아는 체도 안 하고 항상 별 관심 없어 하는 표정이고 말을 시켜도 대답도 잘 안 하는 편이라 별 기대도 하지 않는다. 그러나 작은 손자는 피부도 하얗고 잘 생겼으며 어찌나 친절도하고 인사도 잘하며 눈치도 빠르고 모든 사람의 칭찬을 받기 위해 부단한 노력을 아끼지 않아 보기에도 안타까울 지경이다.

그런데 문제는 큰딸 손자 녀석은 언제나 어느 누구에게도 무관심한 듯 보여지지만 어쩌다가 보기 드물게 순간적인 진한 감동을 주어 모두를 감동의 도가니에 빠뜨리곤 하는 터라 이 아이에게는 이상하게도 특별한 매력을 발산하는 힘이 있는 것 같다는 생각이 들곤 한다. 특히 나의 시어머니도 이 아이만 보면 마냥 좋아서 어쩔 줄 몰라 하신다. 이렇게 나와 시어머니는 언제나 애정이 결핍된 사람처럼 큰 손자만을 쳐다보며 서로에게 아는 체를 해주기만 기다리곤 한다.

어느 날은 퇴근하고 집에 들어가니 아무 인기척이 없었다 무심코 내 방에 들어와 보니 내 침대에 큰 손자가 발을 절래절래 흔들며 개구쟁이 모습 그대로 의기양양하게 누워있는 것이었다. 생각지도 못한 상황 인지라 어찌나 놀랍고 기분이 좋던지….

큰 손자는 이 할미가 들어오자 별 표정 없이 벌떡 일어나더니 방문을 열고 나가려다가 고개를 돌리더니 씨익 웃고는 어설픈 말로 이렇게 말을 하는 것이었다.

"할머니가 좋아서요."

나는 손자의 그 짧막한 말이었지만 '나는 할머니가 좋아요. 그래서 할머니가 계신 자리에 누워서 놀기도 해요.'라고 하는 말이려니 생각을 하니 어찌나 행복하던지 입을 떡 벌리고 한참을 멍하게 서 있었던 적도 있다. 모든 말은 거두절미한다 해도 아이의 어설픈 말 한마디에 이 할미에 대한 사랑이 듬뿍 들어있음을 감지하기에 행복한 것이리라

그러고도 어느 날은 전혀 예기치 못한 때에 슬그머니 나타나서는 내 등을 감싸곤 한다. 내가 감격하여 반응을 보일라 치면 살짝이 할미의 볼에 입을 대고는 이미 저만치 내 손에 닿지 않을 만큼 훌쩍 가버리는 것이다. 나는 아무리 생각을 해봐도 손자를 향한 바보

해바라기 할미다.

　이날 저녁 촛불을 켜서 생일 노래와 함께 축하를 받고 음식을 먹고 난 후, 말들은 안 하고 있었지만 모두들 큰 손자의 축하 메시지를 기대하고 있는 눈치였다. 그래서 나는 하는 수 없이 혼자 즐기려 하던 마음을 접고 아깝지만 찬찬히 조심스럽게 편지 봉투를 개봉했다.

　그런데 아뿔사….
　봉투 안에는 다름 아닌 구겨진 것을 잘 펴낸 천 원짜리 지폐 한 장이 들어있었다.
　할머니 용돈…
　우리 가족 모두는 입을 떡 벌리고 놀란 눈을 하고는 감격어린 모습으로 서로의 얼굴을 바라만 보았다.

　아! 세상에 이 할미만큼 행복한 사람이 또 있을까!

코로나19로 인한 자가 격리

'누가 뭐래도 나는 아니야' 하며 고집스럽게 과신을 했던 내가 비로소 이번 주에 코로나 확진을 받았다. 이미 다른 식구들은 벌써 몇 개월 전에 코로나로 곤혹을 치렀는데 지금까지 나는 꿋꿋하게 잘 버텨왔던 것이다.

"역시 최 여사는 우리 집에서 제일 튼튼해!" 또는

"얘들아, 네 엄마가 또 엄살버전이다." 아니면

"얘들아, 네 엄마가 어린양 버전에 들어갔다."

이렇게 평소에 딸들과 남편은 은근히 엄마인 나를 즐기듯이 놀리곤 한다. 그것은 평소에 좀 엉뚱한 면이 있고도 평범하지 않으며 자랄 때 오빠들 틈에 딸 하나로 응석을 부리며 자랐을 거라고 늘 식구들 뇌리에 박힌 이미지 때문이 아닐까 싶다.

그렇게 스스럼없이 엄마를 대하고 놀려대는 우리 가족이 난 참으로 정겹다.

일전에는 아침에 출근했는데 근무 중에 온몸에 땀이 쉴 새 없이

나더니만 콧물이 나고 목이 붓고 온몸이 쑤시는 통에 도저히 견디기가 힘겨워하는 것을 보기에도 딱했는지 동료들의 성화에 못 이기듯 이른 퇴근을 하였다 집에 와서는 남편의 도움으로 자가 키트로 시도를 했는데도 코로나로는 못 미치는 수치가 나온다고…

그러나 몸 증상으로 봐서는 의심을 할 수밖에 없었는지 남편의 성화에 못 이겨 병원을 찾으니 코로나 확진이라고 한다.

그날 밤에 엄청난 고통이 있었다. 돌아눕기도 불편할 정도이고 코도 막히고 머리도 아프고 온몸이 쑤시고 아팠다. 뜨거운 물이 최고라고 하여 물을 계속 마셔대니 자주 화장실도 드나들고 뻘쭘하게 키까지 큰 내가 허둥거리고 다니는 통에 병균이 침투할까 봐서 가까이는 못 온다는 남편도 안절부절이다.

이렇게 이틀 정도는 너무도 고통이 심하더니 삼 일째는 콧물과 목이 아프고 쑤시는 것은 좀 감해졌다. 그사이에 나의 두 딸은 엄마의 병세가 어떠냐며 수시로 전화가 오더니만 과일이랑 번갈아 날라대고, 남편은 죽 종류 등 필요하다 싶은 것들을 챙겨서 연신 사다 나르고도 죽을 따로 데워서 챙겨주는 등 전에 없이 분주하다. 코로나 소식을 전해 들은 작은딸의 시모인 안사돈 또한 전복을 위시해서 좋다는 죽을 골고루 끓여서 딸을 통해 보내오는 등 모처럼 온 식구들이 나를 위한 발걸음으로 문밖에까지 와서 땡똥!! 벨을 눌러 신호와 함께 전해주고는 이내 급히 돌아가곤 했다.

나는 몸은 아파도 때 아닌 과분함과 행복함에 젖기도 하였다.

그러고도 마음 한편에 못내 안됐다는 생각이 드는 안타까움이 있었다. 바로 옆 동에 사는 큰딸의 두 번째 아들 초등 6년생인 자유분방한 손자 녀석은 거의 매일을 학원을 갈 때나 또는 놀다가도 출출하다 싶으면 할미 집에 들러서는 냉장고를 훑어서 입에 맞다 싶은 것은 순식간에 흡입하고도 맘에 드는 라면을 골라서 재빨리 끓여 먹고는 감쪽같이 사라지곤 하던 일을 적어도 일주일은 참아야 됨을 알고는 못내 아쉬워할 거라는 생각을 하니 웃음이 절로 나왔다.

코로나 확진된 지 4일째에는 목이 간질간질거리고 기침할 때마다 목에서는 쇳소리가 나면서 따끔거리기는 해도 이제 목만 나으면 괜찮을듯하다. 좀 살 것 같은 생각이 들면서 종일 방과 거실을 어슬렁거렸다. 이내 지루함과 아울러 운동량이 부족하다는 생각에 지루하지 않게 숫자를 100씩을 세며 왔다 갔다 하기를 반복해 본다.

평소에 늘 일을 많이 한다는 소리를 들을 정도로 바삐 사는 나는 촌음을 아껴야 된다는 생각이 들면서 엊그제 지인인 문인들에게서 수필집과 시집과 방언시어의 활용방법에 대한 책을 우편 증정받은 것들을 이리저리 살피며 뒤적이는 마음의 여유도 갖게 되었다. 그러고도 오늘 말고도 며칠 동안은 어느 누구도 집에 찾아올 사람도 없을 것이라 차림새에 신경 쓸 필요도 없고 남편의 배려 외에는 나를 방해하거나 힘들게 하는 일들이 없이 자유를 만끽하며 지낼 것을 생각하니 너무도 오붓하다는 생각을 해본다. 이는 코로나가 만들어 준 특혜라는 생각까지 들면서 그동안에 원망스럽던 코로나19를 그나마 이처럼 유익함도 있다며 스스로 방어기제를 쓰듯 위로도 삼아본다.

또 한편으로는 어서 털고 일어나 일상으로 돌아가고 싶다는 생각도 간절하다. 좀 일이 부대낀다 해도, 복잡하고 생각할 것이 많아도, 늘 만나는 동료들과 정겨운 토론과 대화와 이웃들과의 눈인사와 거리에서 스치고 지나치는 행인들과 스스럼 없이 활보하며 더불어서 지낼 수 있는, 자가 격리가 풀릴 며칠 후의 날들이 너무 그립고도 기다려진다.

평범했던 우리의 일상이 얼마나 귀한 것인지 날이 가면 갈수록 더 간절할 것이라는 생각과 함께…

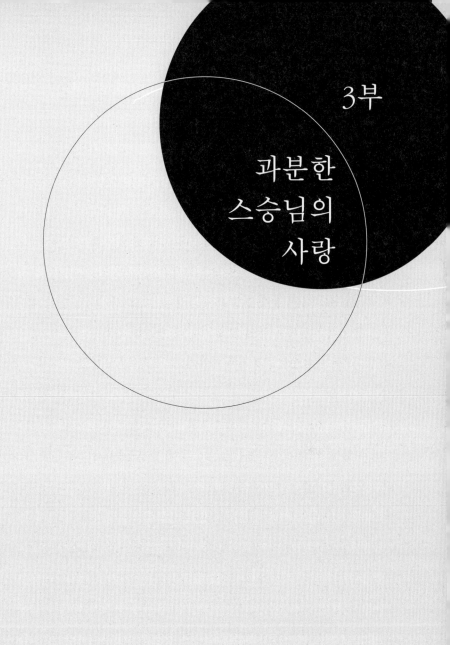

3부

과분한
스승님의
사랑

성경을 읽게 된 동기

어느 날, 교회의 내가 속한 교구의 교구장님께서 문자가 왔다. 성경을 읽고 있다는 소식을 들었는데 읽게 된 동기를 간단히 글로 부탁을 해도 되겠냐고…

교구의 다른 분들도 모두 동참을 한다고 하기에 간단히 적어서 보냈다, 이번에는 주일 오후 시간에 간단한 간증을 했으면 한다고 권하여 얼떨결에 간증하게 되었다.

성도 여러분! 안녕하세요? 최정옥 권사입니다. 이렇게 부족한 사람이 이 자리에 서도 되는지 사실 부끄럽습니다. 제가 알기로는 오늘의 간증은 성경을 읽게 된 동기를 간략하게 말씀드리는 자리로 알고 있습니다. 그래서 가벼운 마음과 순종하는 마음으로 섰습니다. 혹여 제가 표현을 잘 못 한다. 하더라도 이해해주시고요. 솔직하고 진솔한 마음으로 이 자리에 섰기에 조금이라도 은혜가 되길 소망합니다.

아시는 분은 이미 아시겠지만 저의 가정을 소개하겠습니다. 슬하에 두 딸을 두었고 모두 출가를 했습니다. 특히 작은아이는 우리 목사님께서 주례를 인도해 주셨지요. 그동안 두 사위와 아들 손자 3명이 늘어나 시어머니를 포함해서 10명의 대가족을 이루고 있으며 저희 집에는 현재 4대가 살고 있습니다.

가훈으로는 첫째 믿음 생활을 잘하자. 둘째 화목하자. 셋째는 새로운 지식을 탐구하자. 이고, 아이들에게는 "촌음을 아껴라"고 늘 가르치고 있습니다.

저의 남편, 장로님 별명은 마중물입니다. 저는 26살 되던 해에 9남매의 장남며느리로 결혼을 했으며 올해로 만35년이 되었습니다. 제가 결혼을 했을 당시는 배움도 많지 않았고 건강도 좋지 않았습니다. 그런데 지금의 저는 1급동화구연가도 되었고, 국공립어린이집 원장으로 재직 중에 있으며, 서울사회복지대학원 3학 차에 재학 중에 있습니다.

제가 이런 자리에 있기까지 그리고 두 딸이 각자가 제 몫을 잘 감당하고 씩씩하게 잘 자라온 것은 순전히 저의 남편의 덕이라고 말할 수 있겠습니다. 모양도 형체도 없이 희생이 동반되지 않으면 안 되는 마중물로서 기도와 헌신이 있었기에 가능한 일이었습니다. 저는 가족 사랑이 유난히도 많은 제 남편을 존경하고 사랑합니다.

어떤 사람은 시댁이나 친정 식구가 믿지 않는 문제로 신앙에 갈등과 어려움을 많이 겪는 것으로 알고 있습니다. 그러나 그런 문제와는 전혀 상관없이 시댁과 친정 모두 믿는 가정이니 저는 분명히 축복받은 사람임에 틀림이 없지요.

저는 신실하신 부모님의 모태신앙으로 지금까지 어려움 없이 신앙생활을 하였습니다. 또한 물 붓듯이 하나님 축복을 듬뿍 받았다고 자부합니다.

저는 결혼 전에도 직장생활을 했었고 앞서 말씀했듯이 결혼 후에 오랜 시간을 몸이 아파서 공백기가 많이 있었으나 하나님 은혜로 건강이 호전되어서 지금도 직장생활을 계속해왔기에 여유 있는 시간을 쓰지 못하는 형편이었으며 언제나 제 자신의 일에 바쁘고 직장일에 쫓기다 보니 제대로 성경을 읽지를 못했습니다. 저는 예전에 녹음테이프를 통해 근근히 신?구약을 한번 듣는 것이 다였고 그 뒤로 성경을 대하기 시작하면 작심삼일이 되곤 하였습니다. 주일에는 목사님 말씀을 메모도 하고 주중에 한 번 훑어보는 것을 은혜로 알고 마음에 부담을 느끼지 않았으며 매일 매일의 삶을 너무도 당연히 여겼습니다.

그런데 어느 날인가 마음에 변화가 일기 시작했습니다. 제가 나이가 들어가며 철이 들어가는지 늘 감사는 하고 살지만 그간에 하나님께 받은 은혜가 셀 수 없음에도 그에 비해 갚을 길이 막막하다는 마음이 들면서 적은 시간이라도 남을 도울 수 있는 것이 무엇이 있을까 찾다 보니 기자의 직업을 가진 저의 작은딸의 도움으로 한주에 2시간 정도 시각장애인에게 이야기를 들려주는 일을 찾게 되었습니다. 이곳은 인천 카톨릭재단에서 운영하는 부천에 있는(통합) 부천 해밀도서관 내의 시각장애인을 위한 소리제작실이었습니다. 이 일은 아무나 원한다고 할 수 있는 일은 아니었고 음색이랑 발음이 정확해야 하는 등 약간의 재능이 필요한 일이었으며 아나운서나 아니면 1년 정도는 낭독 연습 끝에 심사에 통과가 되어야 하는 일로써, 저에게 그나마 가능했던 것은 아마 예전에 웅변을 배우고 가르친 경험과 평소에 시 낭송이나 문학에 관심이 많았던 덕분인지 연습한 지 3개월 만에 녹음작업이 가능하다는 통보를 전해 받게 되었습니다.

2013년 9월 1일 녹음 시작을 하기로 정했는데 들뜬 마음이 가시기도 전에 웬일인지 갑자기 제 마음에 혼란이 일기 시작했습니다. 저는 순간, 마음속으로 순서가 뒤바뀌었다는 생각이 들면서 마음에 가책이 오기 시작했습니다. 아무리 좋은 일을 시도하더라도 하나님 말씀이 우선이라는 생각이 강하게 들면서 회개하게 되었고 정신이 번쩍 들었습니다.

저는 녹음작업을 하기 전에 저의 육성으로 성경을 정성껏 완독한 후에 녹음을 시작하기로 마음을 먹게 되었고 관계기관에 양해를 구한 다음 그해 2013년 말까지 서둘러서 성경 신?구약을 완독하였습니다. 급히 읽느라 이해가 안 가는 부분이 있긴 하였으나 한결 마음이 가벼워졌습니다. 그런데 처음 생각과는 달리 이쯤에서 멈추면 안 된다는 생각이 또다시 들면서 하루에 서너 장이라도 꾸준히 정독하여 은혜를 받으리라 마음을 먹게 되었고 나름 지금도 노력중에 있으며 주 1회(2시간 정도) 시각장애인을 위한 녹음 봉사를 지금껏 계속하고 있습니다. 이렇게 녹음된 것은 전문가의 손길에 의해 교정을 한 후에 CD로 만들어지기도 하고 전국에 있는 시각장애인협회로 E mail로 쏘아 배포된다고 합니다. 이 일을 하는 시간이 저에게는 많은 보람과 힐링이 되고 있습니다.

이런 계기로 인하여 잠자리에 들기 전에 하나님 말씀을 대하는 것을 원칙으로 삼게 된 것이 정말 다행이라고 생각합니다. 말씀을 대할 때는 꿀송이와 같이 달고 또 엄한 두려움도 느끼고 감동이 와서 눈물을 흘리며 읽을 때도 많이 있습니다. 왜냐면 말씀을 대하는 횟수가 반복될 때마다 점점 더 느낌과 의미가 구체화되고 세밀하며 어느 것 하나라도 이루려면 대가를 치루지 않고 지나치는 것이 없는 하나님이심을 확실히 알게 되고 머리털 하나라도 세시는 하나님이심을 알기에 더 두렵고 떨리는 마음이 되어 마음가짐을 다지게 하기에 그렇습니다.

분명한 사실은 하나님은 복을 주시기 위해서는 연단을 통하여 쓰실 재목을 만드신다는 것을 저는 재삼 느끼고 알게 되었습니다.

올해로(2015년 8월 15일) 3번째로 완독을 하였는데 8월 16일부터 4번째로 다시 말씀을 대하기 시작했습니다.

저는 이 자리에서 일일이 다 말을 할 수는 없을 만큼 하나님께 빚을 진 자임을 고백합니다. 보통의 상식으로는 있을 수 없는 일 들을 하나님께서는 무에서 유를 창조케 하도록 용기를 주시고 또 그렇게 되도록 오늘에 저를 만들어 주셨습니다.

저의 양심과 하나님이 아시듯이 너무나도 흠이 많고 부족했던 저에게 과분할 정도로 불기둥과 구름기둥으로 지키시고 보호해주심으로 오늘까지 나를 높여 주셨습니다. 저는, 아침에 눈을 뜨고 저녁에 잠자리에 들 때까지 감사하고 또 감사해도 모자란다는 생각을 하고 살고 있습니다.

저는 남편에게도 우리 자녀에게도 이렇게 고백을 하곤 합니다.

"나는, 성경에서 나오는 야곱보다도 훨씬 더 약고 못된 구석이 많았던 부끄러운 자라고 그러나 나름 열심히 살고 노력을 하니 능력은 안 되어도 되게 하시고 불쌍해서 도와주시고 함께 동행해 주셔서 과분할 정도로 복 있게 하셨다."고요.

사랑하는 성도 여러분!

사람이 이 세상을 살아간다는 것은 셀 수없이 많은 아픔과 슬픔이 동반되는 녹녹지 않은 삶이라는 것을 저는 그 누구보다 잘 알고 있습니다. 그러나 그 모든 것을 감사로 승화시키시는 하나님 은혜는 정말로 놀랍습니다. 제가 살아있는 동안에는 아무리 바빠도 또, 힘이 들어도 하나님 말씀을 경홀히 여기지 않고, 귀히 여기며, 매일 곱씹으며 받은 은혜를 절대 잊지 않는 사람이 될 것입니다. 그래서 어느 날인가 아버지께서 절 오라 손짓하시면 기꺼이 달려가서 "아버지! 당신이 창조하신 이 세상의 모든 삶은 참으로 아름다운 삶이었습니다."라고 고백 드리겠습니다. 감사합니다.

행복의 근원

'힘은 쓰면 쓸수록 나오고 갈고 닦지 않으면 도태된다.'는 말이 있다.

요즘 들어서 그 말은 참으로 맞는 말임을 몇 년의 경험을 통해서 알게 되었다.

언제나 성경 말씀을 대하면 은혜가 충만하다. 그러던 어느 날부터인가 나는 더 깊은 은혜를 사모하게 되었다. 골똘한 생각 끝에 온몸과 마음을 모아 필사를 해야겠다는 생각이 드는 것이다. 이런 나의 심정을 남편에게 전하니 요즘은 필사 노트가 따로 있으며 체계적으로 구분해서 잘 쓸 수 있도록 되어있다며 좋은 생각이라고…

며칠 후 4권의 필사 노트가 택배로 왔다. 표지는 가죽으로 만들어졌으며 각각의 색이 달랐다. 노트 전체가 4권 중 구약은 3권이며 신약은 1권이었다. 신앙생활을 이제까지 해왔지만 신?구약의 분량이 이렇게 나뉘어 진 줄을 처음으로 알게 되었다.

나름 새로운 도전에 신기하기도 하고 기대에 부풀어 신이 나기도 했다.

이날은 2018년 5월 15일이다. 기쁘게 필사는 시작되었다. 이른 새벽에 성경 말씀을 대할 때는 먼저 이런 기도를 한다. "하나님! 오늘 저에게 주시는 말씀으로 내 맘을 사로잡아 말씀에 취하게 하시고, 온몸과 맘을 집중하게 해주세요. 이 글을 마칠 때까지는 시나 사적인 글을 쓰지 못할 것 같습니다. 그러니 중도에 맘이 변치 않게 해주시고 하나님 말씀의 글을 은혜로 다 마치면 좋은 글을 쓸 수 있도록 영감을 주세요. 그래서 저의 글을 읽는 독자들에게 감동되고 유익한 글을 쓰도록 도와주세요. 예수님 이름으로 기도합니다. 아멘!"

필사를 시작하고부터 처음에는 목을 돌릴 수 없도록 아팠으며 이루 말 할 수 없이 팔이 결리고 아파서 만세를 부르듯이 잠을 자곤 했다. 적어도 하루에 2~3시간은 할애를 했으니 무리가 가는 것은 당연했다. 그러나 기쁨은 이루 말할 수 없었다. 이제까지 내가 세상을 살아오면서 이렇게 기쁘게 하루하루를 보낸 기억이 없을 정도로 보람이 있었으며, 퇴근 후에 귀가하는 발걸음은 가벼웠다. 말씀에 취한다는 것이 바로 이것임을 알게 되었다. 1년 6개월 만에 그러니까 이듬해인 2019년 11월에 신?구약의 필사를 마칠 수 있었다.

나는 달리기 완주를 한 사람처럼 홀가분하고 기뻤다. 그런데 하루가 채 지나기도 전에 겁이 나기 시작했다. 이 기쁨을 대신할 것들이 무엇이 있을까, 아무리 생각을 해도 다른 기쁨은 찾을 수가 없을 듯하였다. 그래서 나는 다시 남편에게 나의 심정을 얘기하고 다시 한번 부탁을 하니 쾌히 승낙하고 며칠 후에 두 번째 택배로 필사 노트를 받게 되었다.

처음 필사를 시작하고는 너무나도 힘이 들어서 혹시 끝을 못 맺을 것 같아서 두려운 마음에 서둘러야 했고, 두 번째는 처음보다는 힘이 좀 덜 드는 느낌을 받아서 글씨도 빨라지고 차츰 균형도 잡아지니 내 자신이 보기에도 글씨 크기와 글씨체가 안정되어 기쁨과 함께 즐기게도 되고 여유가 생기게 되어 한결 행복했다.

2021년 7월 18일(주일 새벽) 두 번째 필사를 마쳤다. 물론 그간에 힘이 들었던 것은 말할 것도 없다. 그러나 그보다 더한 기쁨을 맛보기에 항상 감사하고 신이 난다.

나를 만나는 이들의 대부분의 사람은 무슨 기분 좋은 일이 있느냐고…

필사를 끝마치자 함께하는 선생님 중에 믿음이 아주 좋은 선생님께서 성경 말씀을 쓴 것을 보여줄 수 있느냐고 했다. 항상, 원장인 나의 신나는 모습에 자극을 받고 싶다면서… 나는 그러마고 승낙했다. 그 후 지금은 선생님 중 두 분이서 기쁜 마음으로 필사를 시작했고 신앙이 깊어지고 있다고 한다. 감사한 일이 아닐 수 없다.

요즘은 내가 스스로 느낀다. 몇 년 동안 하루도 빠짐없이 말씀에 취해서 살다 보니 평소에 어깨와 팔의 힘이 부실해서 거의 매일 파스를 붙이고 다녔는데 신기하게도 지금은 손에 악력이 생겼고 팔이 결리는 불편함이 없으니 성경 말씀의 능력이 분명하다고 믿는다. 몸과 마음의 건강이 회복한 것이다. 그러기에 행복의 근원은 마음에서 우러나오고 몸으로 전달되는 견인력이 있다는 것을 알게 되었다.

이 아름다운 계절에는 예전에 즐기던 운동을 다시 시작해 볼 생각이다. 말씀으로 다져진 힘의 능력으로…

충만한 회복의 기쁨

나는 모태 신앙인이다. 어머니 뱃속에서부터 신앙으로 자라온 나는 난생처음으로 교회가 아니 내가 몸담고 섬기는 사랑하는 교회가 코로나19라는 희귀병의 확산으로 이번 주로 문을 닫게 된 것이다. 서글픈 일이 아닐 수 없다. 그러나 희망을 내려놓지는 않는다. 분명한 것은 머잖아서 반드시 충만한 회복이 될 테니까…

나는 주일이면 언제나 2부 예배를 드려왔다. 오전 11시 예배다. 평소 같으면 성가대원인 나는 성가 봉사를 위해 10시 전에 도착하여 지휘자님의 지휘 아래 대원들과 함께 성가 연습을 하고는 예배에 임하곤 하였다. 거의 평생을 습관처럼 해오던 일을 멈춰야 된다는 것은 예삿일이 아닌 것이다. 별의 별 생각이 다 들고 이러다가 신앙심이 해이해질까 두렵기도 하다.

나는 오늘 처음으로 집에서 남편과 유튜브로 11시 예배를 드렸다. 화면 속의 목사님 얼굴을 바라보고는 이내 눈물이 나왔다. 목사님께서 속이 얼마나 착잡하고도 걱정이 많으실까 생각하니 너무도 맘이 아렸다. 모든 교우들이 같은 생각을 할 것이다.

나는 평소에도 찬양에 은혜를 많이 받는 편이다. 지금까지 살아온 것은 주의 크신 은혜라는 찬양에 공감하며 걷잡을 수 없는 눈물이 쏟아져 나왔다. 그런 나를 힐끔힐끔 쳐다보는 남편은 서먹한 표정이다.

가끔씩 성가대 맨 뒤 줄에 앉아 있는 남편은 찬양할 때 아니면 목사님의 설교 때 감동이 온다 싶으면 영락없이 내가 눈물을 훔치는 통에 부끄럽다고 주의를 주곤 했었다. 오늘은 집이기에 예배드리는 도중 대기하고 기다렸다는 듯이 티슈를 빼서 나에게 건네주었다. 오늘 설교는 여호수아 24장으로 여호수아가 110세까지 세상에 살다가 세겜이라는 땅에 모두 모여 고별설교를 하는 내용이었다. 세겜이라는 장소는 곧 지금의 교회나 다름없다. 모여서 하나님 말씀을 듣고 깨닫는 곳이기에 말이다.

오늘 목사님의 설교는 언제나처럼 은혜 자체였다. 변함없는 표정과 단아한 체구와 군더더기 없는 하나님 말씀에 은혜가 충만하여 늘 기쁘고 만족한다.

오후에는 늦은 아침을 먹었기에 간단한 간식으로 때우고는 남

편은 나에게 꼭 보여 줄 게 있다며 방으로 가서는 안락한 등받이
를 만들고 다리를 올려놓을 수 있도록 편안한 자리를 만들어 주었
다. 그리고는 TV를 켜고 영화 "9회 말 투아웃 투 쓰리 풀 카운트"
라는 영화를 선정해서 볼 수 있도록 해주었다. 그런 후 남편은 내가
이 영화를 보면 또 울 거라는 말과 함께 살짝 문을 닫고는 나가는
것이다.

남편은 언제나 말이 없는 사람이지만 그렇다고 내가 불편할 정
도는 아니며 나름 그런 부분이 매력이라 생각이 든다. 말은 없어도
나의 마음을 모두 꿰고 있으니 그렇다. 드라마 내용인즉, 조상 대대
로 가업인 농사를 지으며 소박하게 사는 시골 농부이야기로 시작된
다. 이들 부부는 밀턴이라는 어린 아들을 둔 나름 행복을 느끼며 사
는 가정이다. 취미로는 시간이 날 때마다 아들과 야구를 놀이 삼아
했던 것이 계기가 되어 아들 밀턴은 날이 갈수록 야구 실력이 뛰어나
고도 너무 좋아하게 된다. 당연히 농업을 가업으로 맡기려던 아버지
의 생각과 달라 번번이 언짢은 일도 겪었으나 자식을 이길 수는 없
는 것이 부모 마음 인지라 아들의 청을 들어 야구선수로서의 길을
허락하게 된다.
미국의 유명한 구단의 야구선수로 스카우트되는 등 부러울 것
이 없는 삶이 시작되는가 싶더니 사람 사는 것이 늘 그렇듯이 그곳

에서도 순탄치 않은 일이 다가오고 마침내 밀턴은 시기와 질투의 대상으로부터 괴롭힘을 당하는 등, 급기야는 상대 선수가 자신의 부족함에 분을 참지 못하고 자살에 이르게 된다. 이로 인해 앙심을 품은 그의 아버지는 밀턴이 몰고 가던 차에 보복을 가하여, 온몸은 물론 특히 오른팔을 심히 다쳐서 그 좋아하는 야구는 물론 평생을 불구로 살아야 하는 지경에 놓이고, 음주운전의 범죄자로 누명까지 뒤집어 쓴 상태가 되었다. 때를 같이하여 밀턴의 아버지 또한 오랜 가뭄으로 농사짓는 일을 접어야 하는 지경에 놓이고 농장도 빚에 넘어갈 처지에서 급기야 숨을 거두고 말았다. 말 그대로 남은 식구들은 말할 수 없는 슬픔과 낙심이 엄습해오고 사면초가인 상태가 되었다. 그러나 언제나 정의롭게 사는 사람은 하늘의 전능자께서 절대로 그냥 놔두시지 않으며 천사를 통하여서라도 도움을 주시고 어려움을 극복할 수 있는 힘과 능력의 결과물로 반드시 보상해주심을 알게 하는 해피엔딩의 드라마였다.

오늘 목사님의 주일 설교 말씀처럼 여호수아가 110년을 살며 슬프고 기쁜 일을 겪고 또 견디며 살았던 이야기와 저마다의 주어진 여건 속에서 최선을 다하면 반드시 복을 안겨 주신다는 고별설교 말씀에 감격과 아울러 "9회 말 투아웃 투 쓰리 풀 카운트" 드라마의 충만한 회복의 기쁨으로 나는 온종일 눈물이 마를 새가 없었다.

코로나19도 우리네 삶의 한 과정이고 하늘은 스스로 돕는 자를 돕는다고 말씀하신다. 정부에서의 각고의 노력과 우리 국민 스스로의 규칙과 바른 생활로 예전 명언(뭉치면 살고 흩어지면 죽는다)과는 달리 "뭉치면 위험이 따르고 거리두기를 해야 산다"는 새로운 명언을 스스로 명심하고 잘 지켜야겠다는 다부진 생각을 해 본다.

친구 이야기

이번 주일(22년 11월 넷째 주) 목사님의 설교 말씀의 제목은 '나의 친구'였다. 말씀의 서두에는 어느 일본 작가의 글 '도마뱀의 이야기'였다. 이야기인즉 어느 허름한 집을 다시 짓기 위하여 인부들이 지붕을 뜯는 순간 도마뱀이 못에 박혀있는 상태에서 움직이지 못함에도 친구 도마뱀의 보살핌으로 3년간이나 목숨을 연명했다는 이야기이다.

이번 주도 나는 목사님의 은혜와 감동의 설교에 하염없는 눈물을 흘려야 했다. 그렇잖아도 매 주일 대 예배 때면 나의 남편은 긴장한다고 한다.

목사님 설교 말씀 중 어느 순간 은혜롭다 싶을 때, 교회 성가대원인 나를 살핀다 치면 아니나 다를까 울먹인다는 것을 멀리서도 알 수 있다고…

언제부터인가 나는 왜 그리 눈물이 많아졌는지 주체할 수가 없어 걱정이다. 하긴 그동안에 메말랐던 정서가 나이가 들면서 차츰 소녀 같은 감성과 잡다한 일이 줄어드는 대신 주변을 돌아볼 수 있는 여유가 생긴 때문일까.

이날, 그리도 눈물이 나는 것은 다름 아닌 이 순간에도 병석에서 몸과 마음의 아픔으로 씨름을 하고 있는 친구를 생각하며 안타까운 감정을 누를 수가 없기에 더욱 마음이 아렸다. 친구들은 모두 저마다의 성향이 다르고 생각이 다르고 이해심도 다르다. 그중에서도 허심 없이 서로의 고민을 다 털어놔도 무방한 친구가 있는가 하면 어떤 친구는 이것은 되고 저것만큼은 가려야 하는 친구도 있다. 당연히 전자의 친구가 절친이라고 할 수 있겠다. 모두가 이런 성품의 친구라면 얼마나 좋겠는가! 그러나 다들 장단점을 겸비하고 있어서 좋은 점만 생각하고 배울 것만 얻으면 된다는 것이 내 나름의 생각이다. 이런 내 생각이 어찌 보면 현명하다고는 할 수 있을지 몰라도 요즘 들어 부쩍 나 자신이 이기적이라는 생각이 들면서 한 친구 때문에 갈등과 고민에 빠졌다.

바로 이 친구가 오늘 주일 예배 중 나를 울린 친구다.

고민하게 만드는 이 친구는 신앙심도 좋고 노래면 노래, 악기면 악기를 고루 다룰 줄 알고 글도 또한 잘 쓰며 아는 지식도 많은 그야말로 만능이라고 표현해야 옳을 정도다. 그런데 이 친구는 늘 주도적이다. 그래서 서로 대화를 할 때는 친구가 아닌 선생님에게 훈

육 내지는 가르침을 받는 느낌이라고나 해야 할까? 그래서인지 대부분의 친구는 이와 가까이하는 것을 힘들어한다. 안타까운 것은 본인은 평소에 별 생각 없이 하는 말인 듯하나, 상대 친구는 어느새 상처를 받았기에 문제다.

가령 모임에 나오면서 멋을 내고 온 친구에게 새로운 반지를 낀 모습을 보고 예쁘다고 하든지, 아니면 아무 말도 안 하면 될 것을 굳이 노숙하게 보인다고 하여 상처가 되어 만나는 것을 꺼리게 만든다. 모임의 한 친구는 집을 새로 리모델링을 하고 자랑삼아 친구들을 초대했는데 어느 누가 봐도 칭찬을 할 만하건만 이날 친구는 띠벽지가 촌스럽다는 말을 하여 엄청난 상처를 받았다고 한다.

그 후 대부분의 친구가 이런저런 이유로 10년이 넘은 모임을 파하는 지경에 이르렀다. 실은 나 자신도 상처를 받은 기억이 있으나 자부심으로 덮고 또 젊은 나이도 아닌데 친구가 본심이 나쁘지는 않으니 그런대로 인정하고 넘어가면 좋겠다는 나의 생각에 친구들은 오히려 나를 띠껍고 못마땅하게 여기는 눈치다.

요즘 대부분의 사람은 누굴 만나든 우울하거나 상처가 되거나 서로 이심전심이 아니면 아예 상대하기를 꺼린다. 그렇잖아도 사는데 머리 복잡하고 심각한데 문제를 만들면 일단 힘이 들기에 그럴 것이다.

또, 각자가 나름의 삶의 방식에 만족하고 산다 해도 과언이 아닌듯하다. 어떤 때는 "너나 잘해" 이처럼 상대에게 약간의 언짢은 소리도 거침이 없다. 생각 없는 말 한마디가 다른 이들에게 상처가 되는지 감지를 못한다는 것은 참 안타까운 일이다.

실은 나 역시도 불편해하는 이들의 생각과 별 다를 바가 없고 단지 그냥 묻고 나가는 것 뿐이기에, 오히려 내 자신이 비겁한 것이 아닌가 묻고 싶다. 진정한 친구라면 옳고 그름을 깨우쳐주는 것이 진정한 친구가 아닐까?

그러나 감히 내가 누구를 지적한단 말인가? 똑똑한 친구의 마음에 가소로움으로 역효과가 날 거라는 우려가 앞서기에 조심스럽다.

며칠 지나고 주말의 일이다.

아픈 친구 문병 가려고 맘을 먹은 터에, 마침 절친에게서 안부 전화가 왔다. 대화 중에 "코로나로 면회가 안 된다 할지라도 내일은 아픈 친구에게 다녀와야겠다."는 말을 하고 전화를 끊었다.

주말인 이튿날 길을 나서려는데 나의 절친에게서 다시 전화가 걸려왔다.

"솔직히 맘은 안 내키지만, 너랑 묻어서 다녀오려 한다. 역에서 만나자."

나는 말했다 "친구야 이해해줘서 고마워! 맛난 점심을 쏠게."
이날 병원에 갔으나 혹시 했는데 예상했던 대로 면회는 못 하고 돌아왔다. 그래도 후회는 없다.

이튿날 아픈 친구에게 절친 친구와 문병 갔었다는 말을 전하기는 해야 하겠기에 전화를 걸었다. 그런데 아픈 친구는 혹시 본인이 입원했다는 소문이 날까 두려워하는 눈치였다. 순간 아차 하는 생각과 아울러 내가 바보가 된 느낌이었다. 나는 친구에게 이 말을 남겼다. "소문이 뭐 그리 대수야!? 친구야 어서 자리를 털고 일어나기를 바래. 우리 모두가 걸어온 길보다는 갈 길이 바쁜 사람이야. 주변을 다 살펴봐도 한 치 앞을 모르는 것이 사람 일이더라, 지금은 우리가 자기 성찰을 해야 할 때인 거 같아. 내가 자기를 사랑하는 마음은 여전해!"
전화를 끊고 생각하니 씁쓸했다. 그리고 못내 친구가 안쓰러웠다.

웃지 못할 해프닝

　나는 유난히도 길눈이 어둡고 방향감각도 무디다. 아니 심각하고도 야속할 정도다. 대부분의 사람은 나의 인상을 볼 때 부족하다거나 덜떨어지게 보이지는 않는 모양이다. 아니 그보다 오히려 야물게 보이기에 어떨 때는 이해가 잘 안 된다고도 한다.

　그건 타고난 길치이든지 아니면 주변을 여유롭게 살펴볼 사이 없이 지낸 때문이리라. 하긴, 나의 손위 오빠도 운전할 때면 운전은 물론 운전면허도 없는 올캐 언니의 방향 지시를 받는 걸 보면 우리 친정 식구는 거의 타고난 길치가 맞는 것 같다.

　나는, 내가 스무 살 무렵이 돼서야 처음으로 서울 구경을 했을 정도니 시야도 좁다. 그날, 서울행 기차를 거꾸로 타는 바람에 발을 구르다가 필경에는 내려서 고생을 하는 등 지금까지도 주변 사람들에게 자주 걱정을 끼치곤 한다.

　운전하다가도 이번에는 자신 있다며 가다 보면 엉뚱한 길이라 돌아서 나와야 하는 일이 빈번하다. 혹시 내숭이 아니냐고 할 정도이니 충분히 그럴 만하다고 생각한다. 그러고도 지금까지 잘 살아왔으니 그리 억울할 것은 없다며 스스로 위로를 하곤 한다. 그럴 때마다 맘속으로 '으이구, 덜 떨어진 바보멍청이… ㅎ'

그러던 어느 날, 또 웃지 못할 황당한 사건이 있었다. 퇴근 후에 갑자기 서울을 올라가야 할 일이 생겼기에 같은 동료에게 늘 길눈이 어둡고도 방향감각이 둔해서 걱정이라고 지나가듯이 중얼거린 것이 화근이었다.

별 생각 없이 말을 했는데 동료가 기꺼이 집에 가는 길이 기차역 방향이니 도와주겠다며 좋은 반응을 보여서 무척 고맙다는 생각을 했다.

동료와 기차역에 도착하여 타는 곳까지 안내를 잘 받고는 고맙다는 손 인사를 하는데 글쎄 동료가 망설이는듯하더니 기차를 올라타는 것이 아닌가. 눈치가 없는 나는 갑자기 어딘가 가야 할 일이 생겼나보다 고 생각했다. 하긴, 다음 날은 주말이기에…

여행 아니면 어느 친구 집에라도 가려나 보다 생각을 했지만 물어보지는 않았다. 밤이라 점점 더 어두워지고 간간이 눈에 띄는 풍경을 보면서도 평소에 그리 친근하게 지낸 동료가 아니기에 언제 내리나 하고 눈치만 보게 되었다. 이성이기에 여자가 먼저 조잘대며 물어볼 수도 없고 길치이 듯이 이성 치이기도 한 나는 무덤덤하게 창밖을 응시하며 갔다. 동료는 조치원을 지나고도 내릴 생각을 안 하고 내 눈치를 보는듯하더니 천안역에 이르러서는 머뭇거리다 묘한 표정을 하고는 내려버렸다.

'저 표정은 무슨 뜻이지?'

그 후 나는 많은 생각을 하게 되었고, 그 다음부터는 동료와는 분위기가 싸하게 되었다. 그 동료도 나를 보면 의도적으로 눈길을 피하는 것 같았다. 묘한 기분을 친구에게 말했더니 깔깔대며 친구가 귀띔을 해주었다.

"설마 이렇게 야물게 생긴 여자가 그리 심한 길치라고 생각이나 했겠어?"

"그 동료는 네가 데이트 신청을 한 줄로 알았겠지."라고.

아뿔사…

그럼 내가 꼬리를 쳐 놓고는 시치미 뗀 격이 되었군…

그래도 그렇지, 남자가 용기 있게 기차에 올라탔으면 칼로 물베기가 아니라 호박이라도 찔러 보아야 할 것 아닌가.

내가 호박이 아닌 너무 야무진 수박으로 보였나? ㅎ

그 후 얼마간의 시간이 지나고 동료는 결혼한다는 소식이 들렸다. 평소에 늘 미안한 마음이었기에 다행이라는 생각과 아울러 맘속으로 복을 빌어주었다.

'동료님! 미안해요! 행복을 빕니다. 그때는 제가 너무 눈치가 없었고요, 실은 제 나이도 너무…'

그러던 내가 지금은 할미 소리를 듣는 나이가 되었고 여전히 버벅대고 헤매면서도 여전히 운전하고 다닐 수 있다니 참으로 놀랍고도 다행한 일이 아닌가!

과분한 스승님의 사랑

　며칠 전에는 까마득히 오랜 나의 중학교 2학년 때의 담임선생님께서 사모님을 통해 사랑의 글을 보내오셨다.

　"제자 선생님! 그동안 잘 계셨는지요? 우리 선생님께서는 요즘 아프셔서 가끔 병원을 다녀오곤 하지요. 오늘도 병원에 다녀오는 길입니다. 우리 부부는 평소 제자 선생님께서 보내주신 시와 낭송을 즐겨서 잘 듣는답니다. 천안에 사는 딸이 시간 내어 우리를 데리고 제자 선생님 계신 곳에 가서 식사라도 하려고 합니다. 어느 날 우리가 서울에 올라가면 언제라도 나와 주세요. 우리 선생님은 제자 선생님 같은 분이 한 분 있다는 것만으로도 성공한 삶이라고 말씀하시곤 합니다." 이렇게 문자가 오더니 일전에는 스승님께서 사모님과 함께 찍은 사진도 보내주셨다.

　스승님은 슬하에 아들과 딸을 한 분씩 두셨는데 큰딸 자제분은 목사님이 되셨고 따님은 천안에서 행복하게 잘살고 있다고 한다. 예전에(내가 중 2때) 베레모 쓰시고 다니시던 젊고 잘 생기신 화가 스승님의 모습은 찾아볼 수가 없다. 그러나 인자하신 모습은 여전하셨다. 내가 중학생 당시 스승님의 연세는 삼십 대 후반이었다고 지금 선생님의 연세는 90세라고…

중2 때라면 내 나이 열여섯 살이었던가. 그 당시 우리 집의 생활 형편은 너무도 어려운 형편이었으나 매사에 명랑하고 자신감 넘치는 나는 학급에서는 반장이었고, 선생님과 동급생들 간에도 원만하게 잘 지내며 수업시간에도 늘 재치와 즉각적인 반응을 보이곤 한다고 선생님께도 많은 사랑과 칭찬을 받은 기억이다. 그 후 학년이 올라가고는 선생님과의 교류는 없었으나 취직을 한 후 길에서 우연한 만남으로 스승님을 뵙게 되었고 그날에 나의 인생의 전환점과 삶의 의미와 희망을 잃지 않도록 힘을 주셨기에 내가 결혼하여 나의 두 딸 아이가 성장한 후까지도 학업을 계속해 올 수 있었다고 믿는다. 살면서 내 몸의 치명적인 질병과 싸우기도 하고 파란만장의 일을 겪으면서도 지금까지 살아가는데 정신적으로 버팀목의 역할을 담당해주신 스승님을 어찌 잊으랴. 지금까지도 면대 면으로 스승님 얼굴을 뵌 적은 없다.

내가 결혼을 한 후에도 많은 시간이 지나고 어느 정도 생활에 안정을 찾아갈 때쯤이 돼서야 비로소 마음속으로 잊지 못하던 스승님을 수소문해서 찾게 되었고 그 후로는 글로써 지금까지 스승님과 또 사모님의 안부를 물으며 연말에는 약간의 용돈과 아울러 감사함으로 한해를 마무리하곤 하던 터다.

까마득히 오래전 스승님의 사랑의 힘이라는 것을 잘 알기에 감사를 잊으면 안 된다고 늘 마음속으로 다짐을 하곤 하던 터에 이리도 과분한 소식을 전해주시며 이 부족한 제자를 만나러 오시겠다는 전갈에 과연 그래도 되나 싶어서 과분하고 황송하기 그지없다. '내가 뭘 그리 잘해 드린 것이 있다고…'

나는 너무도 과분하고 송구하여 몸 둘 바를 몰라하는 중이다.

내가 결혼 당시에는 시아버님이 일찍이 돌아가셨기에 살기에 빠듯한 형편이라 매사에 절약하고 생활에 보탬이 되기 위해서는 언제나 부지런히 몸을 움직여야만 했다. 그러던 중에 두 딸을 둔 엄마도 되었다. 두 아이에게서 받는 기쁨은 이루 말할 수가 없었다. 세월은 어느새 눈 깜짝할 사이 없이 지나갔다. 그러나 나에게 다시 어린 시절로 돌아가고 싶냐고 묻는다면 나는 기필코 아니라고 대답할 정도로 지금의 나 자신은 분에 넘치도록 뿌듯하고 만족한다.

그도 그럴 것이, 나의 어린 시절은 너무도 살아가기에 버거웠고 전쟁과도 같이 휘몰아치는 소용돌이 속에서 간신히 살아남았다는 기억이 또렷하기에, 다시는 돌아가고 싶지 않은 기억 때문일 것이다. 그러나 과거 없는 현재는 없는 것이기에 그만큼 지난 세월의 어려움은 강인한 삶의 지표로 남아 훌륭한 스승님을 만나 나를 성숙하게 하고 웬만한 어려움에도 흔들리지 않는 단단함으로 만들어졌음에 지난 과거의 삶을 절대로 홀대하는 건 이치에 맞지 않을 것이란 생각이다.

아무래도 따뜻한 봄날이 가기 전에, 아니 더 늦어지면 배은망덕이 될지 모른다는 조급함이 앞서기에 스승님을 서둘러서 만나 뵈어야 한다는 생각이다. 나는 지금, 마음속으로 이렇게 되뇌이고는 눈시울을 적신다.

"스승님! 지금까지 건강하심에 감사드립니다. 끝까지 제자 사랑을 실천하시는 스승님을 존경합니다. 스승님을 언제까지나 잊지 않고 기억하겠습니다. 근일 간에 스승님을 만나 뵈러 가겠습니다. 기다려주셔요. 늘, 받은 은혜에 감사드립니다!"

우리 가족 만세

나는 딸 둘을 가진 엄마다. 엉뚱하고 내 중심적으로 살아가는 아주 특이한 엄마라고 할 수 있겠다. 나 아닌 남들이 아니, 남편이, 그리고 우리 아이들이 그렇게 느끼곤 한단다. 결혼한 지가 언젠데 아직도 나의 남편은 가끔 날 보고 "당신은 참 특이한 여자야" 이렇게 말을 하곤 한다. 그러나 남편은 나에게 불만은 없는 것 같아 보이니 참으로 다행한 일이라 생각한다.

언제가 큰아이가 초등학교에 다닐 때 소풍 가는 날에 있었던 일이다. 여느 때 소풍 갈 때는 도시락과 과자 음료 등을 준비해서 아이의 도시락 가방에 넣어 주는 것이 보통의 예이련만 이날에 어처구니없는 나의 엉뚱함이 또 발동된 것이다. 아침에 김밥을 싸려고 생각을 곰곰이 하다 보니 빤짝하고 좋은 생각이 났다. 신이 나고 즐거운 생각이 들면서 실행에 옮기기 시작했다. 예전에 친정어머니가 늘 삶아주시던 삶은 계란 3개는 물론이고 김을 약간 구워서 비린내음을 가시게 하고 미리 맛있게 양념을 해놓은 밥을 그 위에 얹고 차례로 단무지, 맛살, 우엉, 시금치, 당근을 넣고 둘둘 말고 보니 제법 불룩

하고 엄청 맛깔스러워 보였다. 긴 단무지와 시금치가 양쪽으로 늘어져 나와 있고 반질반질하게 참기름 바른 김밥의 표면은 정말 환상이었다. 맛을 보니 나름 훌륭했다.

평소에 음식을 할 때 그런대로 맛을 내곤 하는 나는 나름 자부심이 있었던 터다. 원래 보통 때도 몸에 안 좋다는 이유로 음료수는 잘 안 사주는 나였지만 이날은 획기적으로 해결을 할 수 있었음에 스스로 만족하였다 나는 무슨 일이든 결정만 하면 신속한 준비와 실행을 하고는 그 되어진 일에 대해서 오래 고민하고 생각하는 것을 싫어하는 성격이다. 혹 일을 그르쳤을지라도 고민과 걱정은 나에게 결코 이득이 될 수 없다고 생각을 하는 나만의 방어기제이리라.

나는 아이들이 일어나기 전에 미리 김밥을 썰어서 두 아이 도시락에 넣었다. 이때 좀 전에 반짝하고 획기적인 생각의 일을 실행에 옮겼다. 내 생각에 김밥의 양 끝 꼬다리들은 시금치도 많이 나와 있고 단무지도 나와 있어서 우리 아이에게는 최고의 맛과 촉촉하기까지 하여 목도 안마를 테니 일거양득이었다. 그래서 꽁다리들만 다 모아서 도시락 바닥을 빈틈없이 채운 후 뚜껑을 닫았다. 그런 다음 삶은 계란과 과자도 몇 개를 넣는 등 소풍 준비를 순간적으로 해치워 버렸다. 아침에 일어난 아이들은 꽁다리가 없는 매끈한 김밥을 먹고

이 엄마가 싸준 도시락과 함께 신나고 의기양양하게 소풍을 떠났다.

오후에 돌아온 큰딸은 풀이 죽어 있었다. 어디 아프냐고 해도 고개만 살래살래 흔들고 말이 없었다. 나는 오래 고민하고 심각한 것을 마음에 두는 성격이 아닌지라 아침에 남은 김밥을 예쁘게 모양 내어 피라밋 모양으로 쌓아놓은 김밥을 주며 달래었다. 예쁘게 쌓아 올린 김밥을 보고 아이는 놀라운 듯 갸우뚱하더니 맛나게 먹고는 금방 아무렇지 않은 듯 밖으로 놀러나갔다. 그러고는 우리는 아무 일 없이 모두 일상으로 돌아왔다.

평소에도 남편은 자주 아이들에게 항상 아픈 엄마를 힘들게 하면 안 된다고 하였고 늘 도와주어야 함을 가끔 몸소 실행도 해가며 입버릇처럼 주의를 주곤 하였다.

그도 그럴 것이 나는 아이가 중학에 갈 무렵까지 몸이 많이 부실했기에 남편의 배려를 많이 받고 사는 터이었다. 지금 생각하니 아이들은 엄마에게 걱정하게 하거나 불만은 아예 안 되는 일로 세뇌가 된 것이 아니었을까 싶다.

그날 이후 이 맹하고 생각이 막힌 나는 별 생각을 못하고 지내다가 오랜 시간이 흐른 뒤에 어떤 계기가 되어 이 어처구니없는 사실을 깨닫게 되었다. 딸아이는 그날(소풍날) 도시락 뚜껑을 여는 순간

눈앞이 아찔했다고… 나무 그늘 아래에서 혼자 먹었다고…

　나는 지금도 이 일만 생각하면 딸에게 부끄럽고 눈물이 난다. 이 글을 쓰면서도 말이다. 그러나 나는 이 세상에서 제일 행복하고 과분한 삶을 살고 있다는 생각이다.
　이 부족하기 그지없는 엄마를 사랑해주고 내가 사랑을 줄 수 있는 고마운 가족이 있기에….

둘째의 서러움

2016년 9월, 큰딸이 가까운 목동아파트로 이사를 한 후로는 아침 출근길에 의례히 큰딸의 안부와 손자들의 일이 궁금하기도 하여 딸의 집에 잠깐 들렀다가 나의 직장으로 발을 옮기곤 하였다. 하긴 그것도 어느 정도의 시간이 지나서는 체력이 약한 엄마를 생각해서인지 딸 자신이 자유롭지 못하다는 이유로 원래대로 돌아왔지만 말이다.

큰딸은 직장생활을 하면서도 씩씩하게 아이 셋을 거뜬히 키워내는 한마디로 억척스런 딸이다. 그러고도 나의 큰딸은 제 아이들로 인해 너무도 행복해하는 엄마이다.

엊그제에 있었던 일이다. 이날도 출근길에 큰딸의 집에 들렀을 때의 일이다. 문을 열고 현관에 들어서자마자 큰딸이 이렇게 말을 하는 것이었다.

"엄마, 나는요! 너무나 마음이 아파요" 나의 큰딸이 심각하게 말을 했다.

"왜에? 무슨 일인데 무슨 일이 있었니?"

나는 지금도 딸을 보면 그저 행복함과 사랑스러움이 어릴 적의 느낌 그대로 생생히 남아 있다. 지금의 나의 큰딸은 아들을 셋을 낳은 어미가 되었는데도 말이다.

"어제 일인데요. 아이들 셋이 분명히 다 함께 놀고 있었는데 어느 순간 둘째아이가 보이질 않는 거에요." "그래서? 어찌된 일인데?" "화장실에도 베란다에도 없고 바깥을 나가서 아무리 살펴봐도 없더라구요." 혹시 놀래주려고 숨었나 하고 가만히 살펴보니 글쎄 옷을 넣어두는 잘 들어가지도 않는 방의 방문이 잠겨 있었어요. 아무래도 수상하다 싶어 숨을 죽이며 간신히 안을 들여다보니… 흐흑, 어떻게… 글쎄 얘가… 누워서 입에는 동생 쪽쪽이를 물고 손으로는 형의 키즈폰을 열심히 눌러대고 있는 거에요…" 말을 하고는 딸은 어느새 울먹이고 있었다.

순간 딸의 말을 듣는 나는 얼마나 마음이 아리던지 두 번째 손자가 불쌍하고 안 된 생각이 들어서 가슴이 다 먹먹하였다. 아마도 어린 것이 위아래로 마음이 부대끼고 힘이 들었기에 동생과 형의 흉내를 내며 스스로 맘을 추스르는 것이었으리라… 위로는 형(초등 2년)이 사랑을 받고 있고, 아래로는 6년 터울인 5개월 된 동생이 떡 버티고 그간에 누렸던 사랑을 가로채고 있으니 한없이 마음이 서러웠나 보다. 식구들 모두는 둘째 아이가 어린 마음에 허하고 맘 둘 곳이 없어 함을 진작부터 어렴풋이 감은 잡고는 있었지만 정작 이런 모습을 본 어미로서는 가슴이 미어지지 않을 수 없으리라.

원래 첫아이는 어느 집이나 관심의 대상이고 사랑을 독차지한다. 그러나 그도 대가는 치러야 한다. 언제나 사랑을 독차지하다가 어느 날 동생을 보는 순간부터는 아이는 사랑을 빼앗긴 허탈감으로 허하고 달랠 길 없어 동생과 같이 어린 행동을 따라하곤 하는 퇴행의 징조까지 보이곤 하다가 어느 정도 시간이 지남에 따라 터득하고 포기하고 견딜만해지면 비로소 마음을 추스르곤 하여 어느 시점부터는 자연스럽게 형의 자리로 굳혀지는 것이 보통의 예인 것이다.

그러나 성장을 하면서 동생의 입장에서는 형이라는 뛰어넘을 수 없는 장벽에 부딪치고 그런 데다가 부모 사랑을 독차지하는 동생까지 생겼으니 예쁘면서도 또 부러우면서도 미운 것이리라 어찌해야 할지 맘 둘 곳은 없어지고… 이것이 어쩔 수 없는 둘째 아들의 서러움이리라. 대부분의 차자들은 기회적이고 속된 말로 표현하자면 살아남기 위한 수단으로 무진 애를 쓰고 관심을 끌기 위하여 가진 노력을 하다 보니 오히려 형보다 우월한 면들이 보여지기도 하는 것이 아닌가 하는 생각이 든다. 그러나 이 모든 일이 내가 원한다고 되는 일은 하나도 없다. 중요한 것은 환경을 탓할 성질의 것도 아니며 또 억지로 되는 것이 아니기에 주어진 대로 모든 것을 받아들여야 하지만 많은 대가를 치러야 하는 우리의 아이들을 옆에서 보고 있는 어른들은 참으로 안타깝기만 하다.

그러고 보니 지금부터 아주 오래전 내가 중학교 다닐 때의 일이 생각이 났다. 한 주를 시작하는 첫 월요일에는 운동장에 전교생이 모여서 언제나 아침조회를 하곤 했다. 조회가 있는 날은 아이들이 아침부터 부산하게 운동장으로 모여서는 막간을 이용하여 서로 잡기놀이를 하는 등 주말에 쉬었던 열기가 남아서인지 온 운동장이 왁자지껄하고 저마다 자유를 만끽하곤 했던 기억이 새롭다. 그러다가도 어느 정도 시간이 지나면 어김없이 3학년 주임 선생님의 모습이 보이면서부터는 차츰 분위기가 잦아들고 아이들은 약간의 숙연해 짐과 아울러서 이내 맨 앞에 중심을 잡고 있는 반장을 기점으로 맨 앞에는 키가 작은 아이들로 시작하여 뒤로 갈수록 큰 순서로 제 자리를 찾아들고 줄을 맞추기에 여념이 없다.

반장이었던 나는 언제나 맨 앞에 서서 흐트러진 아이들의 줄을 반듯이 세우고 조용히 하라는 신호로 검지손가락을 세워서 입으로 갖다 대곤하였다.
그런데 어찌 그리 줄을 못 맞추는지 세워놓으면 또 흐트러지고 반복을 하여도 늘 상 나는 만족하지 못하였다. 어느 순간에 3학년 주임 선생님은 단상에 올라오시고 전체를 훑으시며 어느 학년 녀석들을 혼을 낼까 하며 부릅뜬 매의 눈초리를 하시고는 그날도 여지없이 2학년이던 우리 학년이 표적의 대상이 되어 혼줄이 났다. 우리는 풀이 죽어 있었고 그래서 그런지 다들 줄을 서는 동작들이 달라지고 마침내 전 학년이 제자리를 찾아질 때쯤 되면 애국 조회의 순서에 맞춰서 국기에 대한 경례와 순국선열에 대한 묵념 그리고 애국가 제창 등 아울러 교장선생님께서 단상으로 올라오셔서 훈화 말씀을 하시곤 학년 주임 선생님의 주의 말씀과 아울러 그날의 애국 조회는 마무리가 되곤 하였다.

그때는 별로 크게 생각 없이 혼이 나도 우리 2학년이 제대로 못하니까 조회 때마다 혼이 나는 것이리라는 생각이 들었다. 그러나 차츰 시간이 지나고 보니 깨달아 알게 되었다. 제일 맏형인 3학년을 혼내자니 본보기가 안 되겠고 또 사실 다른 학년에 비해서 스스로 알아서 잘하는 편이고, 이제 입학한 동생들을 혼을 내자니 안쓰럽고 귀여운 마음에 보아 줌직도 하여 결국에는 중간에 끼인 어정쩡한 2학년이 희생양이 될 수밖에 없었음을 터득하게 되었다.

이렇듯이 의미는 각각 다르나 나는 요즘 두 번째로 태어난 손자로 인해 가슴이 미어진다. 그러니 어찌할 것인가 우리가 더욱 사랑을 가지고 안아주고 공감해주고 예뻐하는 수밖에 다른 방법이 있겠는가.

오늘 아침 나는 직장에 출근하여 원 전체를 돌아보고 살피는데 5세 반 담임선생님 한 분이 말을 건네 왔다.

"원장님 엊저녁에 은서 어머니께서 걱정스런 말씀이 있다면서 전화를 하셨어요."

"무슨 일로요?"

"은서가요 어찌나 요즘 들어서 말을 안 듣는지 셋 중에서 말도 제일 안 듣고 미운 짓을 해서 너무도 힘이 드신다 하네요."

"아, 선생님 제가 엊그제 전해준 우리 큰딸에 대한 작은아이 얘기를 은서 어머니에게 전해주세요. 그러면 공감을 하시면서 아이를 더욱 이해하고 사랑하는 마음이 드실 거예요. 저도 위로해 드릴 겸 은서 어머니께 전화를 드려야겠네요."

둘째로 태어난 5살이 된 여자아이 은서는 어린이집에서의 생활도 원만하게 잘하고 또래 중에서도 친구에게 배려도 잘하며 예쁘게 행동하여 모두에게 칭찬과 사랑을 받던 그야말로 모범생인 아이다. 그러던 중 재작년에 남자 동생이 태어난 뒤로는 그의 마음을 혼란스럽게 만든 것이다. 딸을 내리 둘을 낳은 그 가정은 세 번째로 아들을 낳았으니 말할 수 없는 기쁨은 물론이고 어느 누구에게도 부러움을 사고도 남을 경사였다. 그러나 동생으로 인해서 사랑을 나눠야 하는 둘째 딸, 은서에게는 마음을 둘 곳이 없어 공연히 심통을 부리는 모양이다. 그러니 어쩌겠는가 이 또한 안타까울 뿐이다. 우리 직장의 교사들 모두는 이런저런 일로 둘째의 서러움을 공감하면서 마음 아파했다. 어느 누구의 탓은 아니지만 이럴 때 일수록 따뜻이 어루만져 주어서 아이가 이해하고 터득할 때까지 주변 모든 사람들의 몫이라는 결론도 내려졌다.

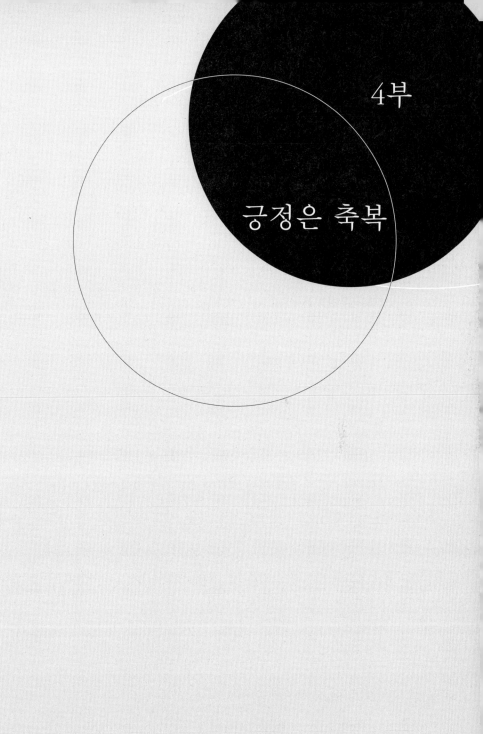

4부

긍정은 축복

긍정은 축복

지금까지 살아오면서 나는 자주 이런 말을 쓸데가 많았다.

"하필이면 왜 지금이야?"

"공짜는 없어."

"대가를 치루는구나."

"우와 대박."

이 중 제일 가슴에 닿는 말은

"공짜는 없어" "대가를 치룬다"는 말이 맞아떨어지는 경우가 많았다는 생각이 든다.

그런데 이런 말들이 다 부질없는 나만의 생각이었음을 깨닫는 일이 벌어졌다. 얼마 전에 아니 정확히 21년 6월 말에 국공립어린이집 원장직의 정년퇴임을 앞두고 있을 무렵, 이미 정년퇴임을 한 남편은 나의 정년퇴임에 벌써부터 신이 난 모양이다. 환한 표정과 신나는 몸동작으로 봐서는 기다렸다는 듯이 이제야 맘 놓고 여행도 함께하고 매사에 여유를 가질 수 있기에 마음이 부풀어있다는 것이 역력했다.

그러나 나는 정년퇴임이라는 것이 못내 아쉬움과 섭섭한 마음에 마음을 가다듬고 있는 중이다. 나는 일을 할 때 힘이 드는 것도 있지만 일을 손에 잡으면 그 일에 푹 잠기어 빠져드는 경향이 있으며 즐겨서 일하는 터이라 퇴임이라는 말이 조금은 걱정이 되며 나의 열정적인 성격에 주변에서도 걱정의 소리를 하곤 하던 터이다.

그럼에도 나는 평소에 시와 수필을 쓰는 일을 즐기며 짬을 내어 간간이 글쓰기를 해왔기에 이제는 그간의 일들을 접고 글에 열중해야겠다는 생각으로 굳히는 중이었다.

남편은 나름 계획이 있는지 한적한 시골집을 알아보고 멀지 않은 곳에 농막 집을 짓는 일 등을 세세히 살피고 있으며 그곳에 아내의 서재를 꾸며주는 일을 구상하는 중이라 하기에 나름 감동하고 있는 중이었다.

그러던 중 어느 날 나의 정년퇴임을 알게 된 영등포에 있는 민간어린이집 절친 형님인 원장님께서 이를 알고서 간곡한 부탁과 제의가 들어왔다. 너무도 간곡하게 부탁을 하여 거절할 수 없었다. 그러고 보니 아직은 좀 더 일할 기회를 얻게 됨에 다행이라는 생각과 아울러 주변의 부러움도 사게 되었다. 마침내 여러 우여곡절 속에 다시 원장직을 맡게 되고 운영을 하기로 맘을 먹게 되었다. 상황이 서둘러야만 되는 형편인지라 하루도 텀 없이 퇴임 다음날 출근을 강행하게 되었다. 출근은 7월 1일과 2일(이틀)을 하고 주말을 끼고 4일째 되는 주일날 아침! 어린이집에는 예기치 못한 아주 엄청난 일이 터지고 말았다. 아마도 이런 일은 원을 운영함에 있어서 평생에 한 번 있을까 말까 하는 일일 것이다.

우리어린이집은 아파트 관리동 1층이다. 그런데 일요일 아침 이층 노인정에서 수도관 파열이 발생하여 순식간에 어린이집 천정을 타고 바닥에 폭포수처럼 수돗물이 쏟아지는 지경에 놓여서 교실과 거실이 발목까지 물이 차는 지경에 놓였다. 이는 아파트 관리인이 이른 아침에 순찰 도중에 발견하여 급히 사방에 연락했노라고… 세상에 이런 일이… 언급한 말 중 '하필이면'이 맞는 말? 아니, 와아 대박! 황당함!

이날 주일예배는 뒤로하고도, 우선 다음날 등원할 우리어린이집 아이들을 생각하니 아득하고 맨붕 자체였다. 그리고 머릿속이 하얗다는 말이 이런 때 쓰는 말인 듯하다.

이날 관리소의 소장님은 물론 경비아저씨들과 동 대표 회장님까지 오셔서 물을 퍼내주시고, 교재교구를 옮기는 일이 계속되었으며 점점 천정이 물 무게에 못 이겨서인지 늘어진 천장 석면을 허물고 아이들 교재와 장난감을 버려야 하는 지경에 이르렀다. 노인정에서 이상이 생겨 일어난 일이지만 원인제공 후에는 피해는 고스란히 어린 이집이 짊어지게 되어 정작 이곳 노인정은 아무런 문제가 없기에 한 동안은 이곳에서 보육을 하기로 조처를 취하는 등 다행히 신속하게 일 처리가 가능한 업체를 만나서 모든 것이 원위치 되어가고 마음 적 으로 걱정스러움은 있었지만 생각지 않게 어린이집 전체가 리 모델링 이 되는 바람에 산뜻한 분위기와 깨끗해진 내부에 모두 만족하게 되 었다.

한 달여 정도 지난 지금은 언제 그런 끔찍한 일이 있었나 싶을 정도로 안정을 찾고 있으며 보육에는 더 이상 관심을 접으려 했던 남편도 생각을 바꾸어서 많은 도움을 주고 있는 터라 모든 것이 한 꺼번에 전화위복이 되었고 새로운 마음가짐으로 어린이집을 운영 중 에 있다.

이제는 그동안에 살면서 즐겨서 쓰던 허 투른 말투와 생각을 바꿔야 한다는 생각이다. 새 술은 새 부대라는 말처럼 나에게 새 장소에 새로운 분위기에서 원을 운영하도록 만들어 주시려는 전능자 만이 할 수 있는 은혜로운 계산법과 고난은 유익이라는 말처럼 고난 을 고난으로 여기지 않고 매사를 긍정적으로 받아들일 때 축복이 따라온다는 것을 이번에 일어난 예기치 않은 놀라운 일로 전능자의 사랑을 받고 있음을 깨닫는 좋은 계기가 되었다.

내가 평생을 사랑하는 아이들과 함께하는 아름다운 생의 마무리 단계까지 일할 수 있게 된 것에 대하여는 자부심이자 더 바랄 것이 없다고 자신 있게 말할 수 있겠다.

"사랑하는 아이들을 위하는 일보다 더 보람되고 행복한 일"이 세상에 또 있을까?

요즘 아이들

　요즘 나는 초등생인 손자로 인해 약간의 마음의 상처와 당황함을 금치 못하고 있다. 올해로 초등 5년생인 큰손자와 4년생인 작은손자는 나의 집에 자주 놀러오곤 한다. 바로 옆 동의 아파트에 살기에 말 그대로 참새가 방앗간을 들리듯 한다고나 해야 할까. 아니 그들은 언제라도 부담 없이 머리를 식히러 놀러오는 것이리라. 그럼에도 나는 엉뚱하게 시간을 허비한다. 싶어 나름 얄팍한 머리를 써본 것이 문제가 되고 말았다.

　나의 손자들이 내 집에 오면 참 좋다. 그러나 이 할미 집에 오기만 하면 저희 집으로 갈 때까지 먹고 싶었던 것들을 다 먹고도 거의 게임이나 TV를 보는 것으로 일관하는 것들이 야속하기도 하고 시간을 허비한다는 안타까움에 속이 부글부글 끓어오르곤 한다. 좋은 생각이 없을까 고민을 하다 마침내 퍼뜩 머리를 스치는 것이 있었다.

　나는 아주 오래전에 초등생 전 학년을 여러 해 동안 가르친 경험이 있었기에 나의 판단과 생각이 획기적이다. 싶으니 기쁘기도 하였다. 나는 곧장 근처 서점에 들렀다.

이제 얼마 안 있으면 손자들이 5학년과 6학년으로 올라가니 선행학습보다는 복습하게 하여 수업에 탄탄대로를 걷게 하자 싶어서 4학년 2학기와 5학년 2학기 수학 기본이라는 문제집을 샀다. 만오천 원씩 2권이니까 삼만 원을 치렀다. 손자를 위한 것이니 하나도 아깝지 않았다.

미리미리 먼저 풀어보고 익혀놓았다가 손자들에게 여유로운 마음으로 훈계하고 또 가르치리라 생각을 하니 벌써 가슴이 울렁거리고 신이 나기 시작했다.

문제집을 산 그날 나는 곧장 집으로 돌아와서는 4학년 2학기 수학을 풀기 시작하였다. 나름 열심히 풀어보았다. 그런데 예전처럼 어찌 풀든지 답만 맞으면 되는 일이 아니고 과정을 중시하지 않으면 절대로 안 되는 일이었다. 도형이 나오고 직각, 삼각, 예각, 둔각 등등 설명과 푸는 방법까지 서술해야 하는 등 정말 예삿일이 아니었다. 그러나 공부도 다시 할 겸 희망과 호기심 발동에 좋은 기회였다. 그리고는 손자 중 누구라도 오기만 하면 붙들고 제안을 하려는 마음으로 시간 날 때마다 열심히 풀어나갔다. 설마 용돈을 준다 하면 어떻게든 용돈을 받으려고 이 할미의 바램을 충족하리라는 믿음을 갖기에 의심 없는 신념에 찼던 것이다. 그런데 아이들의 마음가짐은 나를 한 없이 실망하게 만드는 계기가 되었다.

며칠 후, 마침내 작은 손자가 집에 왔다. 매우 기뻤다. 그리고 참 다행이다. 싶었다. 실은 작은 손자만 구슬리면 성격으로 봐서 큰 딸 손자는 그대로 순종하고 따라올 것이 뻔하기에, 나는 눈치를 살피며 한참을 뜸을 들이다.가 마침내 작은 손자의 이름을 다정하게 불렀다. 그리고는 선행학습은 어떻고 복습은 왜 필요한지 나름 알기 쉬운 설명과 아울러 학년이 올라가기 전까지 사다 놓은 문제집을 다 풀고 나면 용돈을 주겠다고 제안을 했는데 처음에는 망설이다가 덤으로 용돈을 더 올려준다며 구슬렸더니 곧 그러마고 대답을 하니 어쨌든 기뻤다. 공부를 시행하기로 정한 날은 그로부터 며칠 후인 수요일부터였다. 나는 먼저 문제집을 열심히 풀었다. 그리고는 약속한 수요일 아침에 작은 손자에게 문자를 보냈다.

이언아… 오늘이 수요일이네… 약속…?(궁금하고 기대됐다)

ㅇㅇㅇ… ㅇㅇㅇ…

할머니 저 안 해도 돼요… 저 자신이 없어요… ㅠㅠ

실망! 다시 생각해봐라…(참고 기다렸다)

저 사실은 용돈은 별로 필요가 없어요…

그럼 뭐가 좋을까? 혹시 멋진 놀이기구?

저는 포기 할래요.(속이 부글부글 끓었다)

알써 미안하다.(화가 나고 실망했지만 고고한 척했다)

할머니! 괜찮아요…(허탈하고 화가 났다 진정한 할미의 사랑을 몰라주나 싶어서…)

한동안 시간이 흘렀음에도 안정이 안 되었다. 마치 뒤통수를 쿵 맞은 기분이랄까?

온종일 바쁜 일과 속에서 잠잠하던 기분이 좀 한가한 틈이 생기자 또 난감하고도 실망스럽던 생각이 골똘하여 눈을 감고서 심란한 맘을 추슬러 보기도 한다.

예전에 엄마 말이라면 무조건 순종으로 일관했던 그리고 당연시하던 그들의 엄마이며 나의 두 딸들의 기억을 더듬으며 부모가 하는 일들은 자식들을 위한 것이니 당연히 따라와야 한다는 생각을 했던 부분이나 이들에게 반 강압적인 행동으로 공부를 가르쳤던 기억이 떠올라 맘이 편치 않았다. 만일 그날, 수행하기로 정한 공부를 마치지 않고 잠이라도 잔다 치면 깨워서라도 그날의 할당량을 다 마치도록 했던 독하고 에누리 없었던 이 엄마의 행동에 정신이 번쩍 나기도 했다. 그러면서도 어려운 살림에 교육비를 들이지 않고 지출을 막을 수 있었음에 만족했다고 스스로 위로를 삼기도 해 본다.

예전에는 부지런만하면 적은 비용으로도 아이가 네 살부터 초등학교를 마칠 때까지 연령에 맞게 매일매일 일일공부라는 시험지를 집으로 배달 신청하여 가르칠 수 있었다. 그 후 나는 두 딸들이 중학을 입학한 이후로는 사실 가르칠 실력이 부족하기도 하고 새로 시작된 나의 직장생활에도 열중해야 했기에 아이들 공부는 스스로에게 맡겨두기로 타협을 본 터다. 두 딸은 오랫동안의 훈련된 교육 습관 때문인지 자기주도 학습에 나름 성공을 한 터이며 두 딸이 대학을 졸업할 때까지 장학금으로 공부를 마쳤으니 고맙고 장하기만 하다.

나는 지금의 시대 상황과 모든 것들이 달라도 너무나 달라진 이 시대를 사는 아이들의 정서를 예전의 아이들로 착각을 한 것과 혼자만의 열정과 조바심에 취해 아이들의 사고를 전혀 고려하지 못했음에 부끄럽기도 하고 안타까운 심정이다. 어찌하면 어린아이들을 좀 더 이해하고 가까이하여 소통과 공감을 해야 하는 건지 우리 어른들과 아이들이 함께 풀어나가야 할 숙제라고 곰곰이 생각 중이다.

어느 지나친 자식 사랑

　10년이면 강산도 변한다는 말이 있다. 이렇게 두 번의 강산이 변할 만큼의 시간이 지나는 동안 어린이집을 운영하는 나에게도 크고 작은 일들의 사례들이 수없이 야기 되곤 하였다. 사람과 사람 사이의 관계란 원래 복잡 미묘하고도 더욱이 어린 자식들의 일이 개입되고 이해관계들이 얽히면 더 민감해지고 일이 증폭된다는 것을 알 수가 있었다.

　부모들 중에는 오래전부터 서로 절친인 두 여자 친구가 있었다. 두 가정은 부부끼리도 친하고 결혼도 비슷한 시기였는지 이들은 같은 네 살 동갑내기 사내아이를 슬하에 하나씩 두고 있으며 두 가족이 만나면 부모들은 물론이고 아이들도 서로 사이좋게 잘 지내는 편이라 헤어지기가 못내 아쉬운 사이였다. 한 친구는 서울에서 멀리 떨어진 곳에서 살고, 한 친구는 어린이집에서 가까운 곳에서 살았기에 서로의 끈끈한 정과 필요에 의해 서로 도우며 살기로 합의가 된 것이다.
　마침내 먼 곳에 사는 친구 가족은 가까운 곳으로 이사를 하게 되었고 두 집 아이는 우리어린이집에 네 살 반으로 함께 반 배치를 하게 되었다. 처음 얼마간은 그런대로 잘 지내는가 싶더니 어느 날인가부터는 문제가 생기기 시작했다.

먼 곳에서 이사를 온 아이는 그 나이 때에 흔히 나타나는 자기 중심적인 성향이 많은 데다가 주도적인 성향 때문인지 느닷없이 아무에게나 달려들고 맘에 안 든다 싶으면 놀던 장난감을 뺏고 잘 놀고 있는 친구를 느닷없이 내리치는 일들이 자주 발생하였다. 문제는 이 아이와 부딪치는 경우가 유독 양쪽 부모와 친한 아이이기에 더욱이 문제가 커졌다. 늘 상 당하는 쪽 아이는 집에 가서는 엄마에게 되어진 상황을 거울로 보듯이 정확하게 고하게 되었고 차츰 화가 치민 엄마는 cctv를 보여 달라고 조르기에 이르렀다. 담임선생님은 늘 아이들을 주시하고 살피지만 한 아이만을 살필 수가 쉽지는 않다. 중간 중간에 화장실 가는 것도 봐주고 불시에 아이어머니가 찾아와서는 귀가 준비도 해야 하는 등 예상치 못한 상황들이 왕왕 일어나는 것이 어린이집 상황이다. 아이의 상황을 cctv를 보여 달라면 약간의 절차는 있지만 언제라도 보여줘야 하는 것이 어린이집의 입장이다. 보니 마음 쓸 일이 자주 있다.

사람은 각각의 성향과 입장들이 서로 다르기에 같은 일을 두고도 문제가 될 수도 있고 별일이 아닌 대도 큰일로 번지는 일이 있음을 경험으로 알 수가 있었다.

어느 날 원장은 결국 피해를 여러 번 당한 엄마와 통화를 하게 되었다. 당장 달려와서 일을 낼 요량인지 어린이집으로 찾아오겠다고 강경한 말투였고 원장의 입장은 일단은 화난 엄마를 진정을 시키고, 두 사람은 서로 마음이 통하는 막역한 친구라는 것과 서로의 마음이 합한 상태로 오늘에 이른 것을 상기시키기에 바빴다. 그럼에도 피해 엄마는 막무가내로 밀어부쳤고 원장이 혹시 피해자보다 가해자를 더 옹호하나 싶어서인지 강경했다.

또 본인이 모르는 비밀이 있나 싶어 의심의 여지도 보였다. 사실 사람이 격한 마음이 지나치다 보면 아이를 맡은 담임이 지나치게 책임이 갈 수도 있고 하여 신중을 기하지 않으면 안 된다는 우려가 되던 차에 원장은 가능한 서로의 화를 잠재우고 피해가 없도록 여러 지혜를 짜내야만 했다. 그러고도 평소에 내심 잠재하고 있는 것이 어렴풋이 떠오르고 있었고 정 안되면 나름대로 생각해 둔 마지막 카드를 꺼내 들 생각을 내심하고 있었다.

이윽고 더 이상 말로는 안 되는 격한 상황에 놓이게 되었다. cctv를 봐서는 안 되는 이유를 말하라고, 아니면 그냥은 절대 안 넘어갈 줄 알라고… 원장은 결국 피해 어머니를 설득하기에 이르렀다.

"어머니 말씀드릴게요. 저 원장의 입장은 가한 아이나 당한 아이가 아직 영아에 속하고 아무것도 구분 못 하는 아이일 뿐입니다. 그리고 가장 우려가 되는 것은 어머니께서는 세상에 그 무엇과도 바꿀 수 없는 귀한 생명을 잉태 중에 있습니다. 그걸 알기에 어머니에게 충격적인 상황을 보여 드릴 수는 절대 없었습니다. 최소한 제 양심으로 비출 때 도저히 그럴 수 없기에 그랬습니다. 이해해주셔요. 제가 잘못된 생각일까요?" 그러고는 어느 순간 울컥하는 마음과 함께 나도 모르게 한참을 펑펑 울고 말았다.

피해 아이 엄마도 당황했는지 한참을 숨을 몰아쉬는 소리와 함께 "원장님, 다시 전화 드릴게요…" 그러고는 한 참 후에 다시 전화가 걸려왔다.

"이번 일은 이것으로 더 이상 말하지 않겠습니다. 그러나 해한 아이의 엄마에게는 그 모습을 보여주시기 바랍니다." 원장은 대답했다. "어머니! 이해해주셔서 감사합니다. 그러겠습니다."

원장은 곧 바로 교사들을 불러놓고서 상황을 설명 후에 교사의 생각의 여부를 물었다. 교사들은 서로 눈치를 보며 모두 대답을 꺼리는 듯했다.

원장은 교사들의 입장을 충분히 알고 있기에 많은 고민과 생각 끝에 원장은 말했다.

"피해 어머니에게는 원하시는 대로 하겠다고 대답을 했지만 이 또한 제 양심상 해한 아이의 엄마라고 해서 절친의 아이에게 해하는 모습을 그대로 보여드릴 수는 없네요. 그러나 해한 아이의 어머니에게는 보여주라고 했다는 말은 그대로 전해주세요."

교사들은 고개를 끄덕였고 담임선생님은 이 일을 해한 쪽 어머니에게 그대로 전했다고 한다.

얼마 후, 해한 쪽 아이의 가족은 서둘러서 살던 곳으로 다시 이사를 가게 되었고 가면서 전화가 왔다고 선생님께서 전해주셨다.

"그동안 너무 감사했습니다. 원장님께 은혜 잊지 않는다고 전해주세요. 사실은 저도 뱃속에 아이를 가지고 있어요…"라고.

전 교직원들은 눈물을 글썽였다.

이듬해 스승의 날에 새로 태어난 예쁜 딸아이의 사진과 함께 아이 어머니께서는 커피와 맛난 케이크를 그 먼 데서 보내주셨다. 이 일로 전 교직원들은 많은 생각을 하게 되었다. 무슨 일을 하든 리더는 반드시 순간적인 판단과 지혜가 꼭 필요하다는 생각과, 같은 일을 처리할 때도 어떻게 대처를 하느냐에 따라 결과는 판이하게 달라질 수 있다는 생각이다. 우리의 삶은 원칙도 중요하고 절차도 중요하다. 그러나 살아가면서 반드시 인간미도 한몫을 한다는 생각에는 변함이 없다.

엄마는 아이가 가장 좋아하는 장난감이다

시간과 공간사에서 펴낸 이 책 『엄마는 아이가 가장 좋아하는 장난감이다』의 저자 '더이슨' 박사는 미국 캘리포니아의 저명한 심리학자이며 본인이 실제로 자녀를 양육하며 연구한 경험의 토대에서 아동심리학을 응용하여 펴낸 책이다. 세상에 엄마처럼 정겹고 아름다운 이름이 어디 있을까? 엄마처럼 나의 마음을 알아주는 이는 아무 곳에서도 찾을 수 없을 것이다. 마음의 고향! 나의 하나밖에 없는 사랑 나의 엄마!

이 책을 읽고 난 후로는 나는 아이들 동요 가사에 이런 구절을 자주 흥얼거려 본다.

"엄마만 보면 나도 몰래 뛰어가서 안기고 싶어! 음, 음, 사랑이죠."

나이가 든 지금도 엄마만 생각하면 눈물 나도록 그립고 아쉽고 죄송하고 가슴이 에이는 아픔을 가눌 수가 없다. 나의 사랑! 나의 엄마!

힘들 때나 기쁠 때나 언제나 마음 한구석을 차지하고 있는 것이 곧 우리네 엄마가 아닌가 싶다.

나도 이제 아이들을 성장시키고 마무리 단계인 결혼까지 시킬 나이가 되었다. 지난 일을 살펴보면 미리 많은 양서를 보고 익힌 후에 아이를 키운 것도 아니고 어찌어찌하다 보니 아이는 어느덧 성장하고 그 아이가 다시 부모가 되어갈 준비 시점에 놓이게 되었다. 늦은 감이 있지만 지금이라도 좋은 양서를 대하고 보니 그간의 나의 양육법은 많은 시행착오가 있었음을 알게 되었다. 그래도 별 탈 없이 잘 자라준 내 아이들을 볼 때 한없이 감개무량하기만 하다. 그러나 보육 공부를 마치고 어린이집의 원장이 되었건만 아이들을 가르치면서 꼭 알고 있어야 할 것들을 다시금 일깨워 주는 이 책이야말로 유익한 양서임에 틀림이 없다.

원장인 나는 교사들에게는 그동안에 여러 해 동안 겪었던 아이들에 대한 실제경험과 간접경험을 자주 일깨워주기도 하지만 늘 부족한 생각이 들었었다. 이렇듯 아이들을 위하여 교사들의 끊임없는 노력이 필요한 때에 이 책은 우리가 사명감을 가지지 않으면 안 됨을 일깨우게 해주었다. 교육은 아이의 장래가 판가름 날만큼 중요하다는 것을 이 책의 곳곳에서 알려 주고 있다. 아이의 성향을 알지 못하고는 우리가 어떻게 아이의 마음을 읽고 대처를 할 수가 있겠는가. 그러기에 끝없이 책을 가까이하고 연구하고 심오하게 아이를 위하여 애써 살펴야 함을 느꼈다.

아이는 5세까지 거의 모든 평생의 것들을 판가름 난다고 한다. 많은 것으로 얼마나 자극을 하느냐에 따라 IQ가 높아지기도 하고 자극이 없으면 그만큼 멈춰 있을 수밖에 없다는 것을 알게 되었다. IQ란 학습을 위해 기초가 되는 기술이라고 한다.

그렇다면 학습 기초력이 범위가 넓으면 넓을수록 IQ는 높아지는 것은 당연한 사실인 것이다. 솔직히 나는 이 책을 대하면서 많은 책임의식을 갖게 되었다. 그리고 좀 더 진지한 마음으로 아이들을 살펴야 함을 깨닫게 되었다.

좀 더 아이와 가까이 가서 아이를 살피고 사랑을 부어주자 심통 내고 선생님을 힘들게 하는 아이를 말없이 가슴에 안아주고 보듬어 줘야 하겠다. 마음과 마음이 전해지도록 진심으로 아이들을 사랑해야겠다. 가능한 칭찬과 격려를 아끼지 말자. 그러나

아이가 잘못이 있을 때는 이해가 가도록 설득하고 잘못을 했을 때는 혼도 내줘야 함도 잊으면 안 된다는 것을 다시금 깨닫게 되었다.

잘잘못은 가려주는 것이 곧 교육이니까…

혼을 낸 후에는 꼭 안아주고 아이가 마음의 상처가 없도록 해

야 할 것이다. 어른이 실수했을 경우는 아이에게 사과도 필요하다. 그건 오히려 더 인간다운 면을 보며 모든 사람은 약점이 있을 수도 있고 실수도 할 수가 있다는 것을 알고 여유와 숨통을 열 수 있도록 유도함도 중요하다는 것을 알 수 있다.

우리 어른들은 아이들의 모델이 되어주어야 함을 잊어서는 안 된다. 아이는 은연중에 우리 어른들의 행동을 학습하기에 그렇다. 부모는 매일의 행동으로 우리 아이들에게 소리 없는 교육을 하고 있다는 것을 한시도 잊어서는 안 되겠다. 무의식중에 아이들이 모방하게 되니 더욱이 그렇다. 아이가 가장 중요한 시점에 봉착할 무렵에 우리 교육기관에 맡겨졌다는 것을 생각하면 가슴 떨리는 일이 아닐 수 없다. 우리가 하는 이 교육이 얼마나 많은 아이에게 영향을 끼칠까를 따져본다면 우리는 눈물 나도록 감사와 또한 두려움으로 아이를 조심스레 다루지 않으면 안 된다는 생각에 골똘하게 되었다.

원장인 나는 이번 독서를 통해서 느끼는 바가 크기에 교사들과 진지하고 심도 있는 상의를 하는 등 모든 교사의 의견을 모으게 되었고, 결론은 모든 교사가 시간을 쪼개서라도 독서를 하는 것이 좋겠다는 생각과 교사를 위한 복리후생비를 사용 가능한 한도에서 매달 몇 권 정도는 좋은 양서들을 구입하기로 정하였다. 단, 독후감은 반드시 쓰도록 하고 요일과 시간을 정해서 서로 발표를 함으로써 서로 유익을 주고 받자는데 의견일치를 하게 되었다.

그리하여 우리어린이집 교사들과 원장인 나는 아이들에게 필요 시에 자극도 시키고 어린 영혼이 아름다운 인격체로 자라나길 두 손 모아 기도를 아끼지 말아야 한다는 한결같은 마음이 되어 날마다 기쁨이 충만한 생활을 하고 있는 중이다.

형들을 둔 아우의 말투

사내아이가 다섯 살 정도가 되면 대부분 부잡스럽고도 씩씩하다 아마도 그것은 요즘의 세태가 아이를 많이 낳지 않기에 왕자처럼 귀하게 키우다 보니 아이마다 주도적인 성향이 많아서라는 생각도 해 본다. 그런 중에서도 아주 유별난 아이가 우리어린이집에 한 명이 있다. 아니 해가 바뀌니 이제는 여섯 살이 되었다. 하긴 생일이 12월이니 실은 다섯 살이나 다름없는 나이이기도 하다. 그런데 이 아이는 어찌나 말을 잘하는지 같은 또래 아이에게서는 감히 상상도 못할 말들을 쏟아놓는 통에 교사들 모두가 깜짝깜짝 놀래곤 한다. 키는 또래 아이들보다 작은 편이고 군살도 전혀 없다. 그러나 몸은 얼마나 날랜지 씩씩하기가 두 번째라면 서러울 정도다.

물론 조심성도 찾아볼 수가 없다. 그래서 이 아이가 노는 모습을 보고 있으면 모두 조마조마하여 가슴을 조여들게 만든다. 생김새는 흰 얼굴에다 오목조목 생긴 귀여운 뽀로로랑 꼭 닮은 꼴이다. 그런데 수없이 개구쟁이 짓을 하다가도 가끔 한 번쯤은 진한 감동을 주어서 그간의 어설프고 불안했던 우리들의 마음을 마냥 사랑스런 마음으로 바꿔놓기도 한다. 그것도 이 아이만의 타고난 재주가 아닐까라는 생각이다.

  요 며칠 전에는 어린이집 교실에서 장난감을 가지고 놀다가 본의 아니게 한 살 위인 형을 다치게 했다. 아파서 우는 형에게 사과하라고 했더니 극구 싫다고 한다. 잘못했으니 당연히 사과해야 한다고 말하는 담임선생님과 실랑이를 하는 모습이 참으로 딱하기까지 했다. 아마도 내심으로는 본의 아니게 형을 다치게 해서 나름 미안한 마음이 들어있는 데다가 또 사과까지 하라고 하니 어린 마음에 자존심이 상한 것이 아닌가 하는 생각이다. 다친 아이는 계속 울고 있고 담임선생님은 어찌할 바를 몰라하며 "어서 사과 안하고 뭐하니! 당연히 형을 다치게 했으면 사과하는 것은 당연하지." 그러자 고개를 숙였던 아이가 갑자기 일어나 고개를 들더니 벌겋게 달아오른 얼굴로 한쪽 발을 구르며 "싫어요, 싫다구요…" 그러고는 울면서 두 주먹을 불끈 쥐고 이렇게 말하는 것이었다. "선생님은 나를 모욕했다구요."

  요즘 표현으로 '허얼' 우리 교사들은 모두 놀랐다. 이렇듯이 감히 아이답지 못한 말들을 거침없이 하는 것은 아마도 손위에 형 둘씩을 둔 영향이 아닌가 싶다. 이날 당황한 담임선생님은 마음을 가다듬고 방법을 달리한 듯 위로와 격려로 달래는 지경에 놓이게 되었으며 아이의 세세한 마음을 헤아려야 함을 우리 교사들은 많은 생각을 하도록 일깨우는 계기가 되었다.

그리고 우리어린이집에 다니는 아이 중에 이 아이의 사촌 여동생은 올 들어서 4살이 되었다. 그러니까 이 아이 엄마의 여동생이니 이모의 딸이다. 이름은 '강00'다.

이 아이는 그 어떤 아이들보다 사촌 여동생 주아를 좋아하고 얼마나 살갑게 대하는지 보기에도 절로 사랑의 미소가 흘러나올 지경이다. 그러면서도 은근히 오빠라는 것을 심어주고 강조하는 모습을 보는 우리는 재미있고 대견스럽기까지 하다. 왜냐면 같이 놀 때도 말끝마다 '오빠가 오빠가' 하며 노는데 사촌 동생인 주아의 어린 마음에는 체구가 작아서 또래처럼 보이는지 '이겸아 이겸아' 하고 이름을 불러대니 안타깝기만 하다 이럴 때 이 아이가 하는 말 "주아야, 나는 오빠야…"

가끔은 애들 외할아버지가 오셔서 두 아이를 함께 차를 태우고 갈 때가 있다. 며칠 전에도 외할아버지가 아이들을 태우고서 집을 향하던 중 서로 장난을 치고 소통하며 잘 노는가 싶었는데 어느 순간에 "주아야, 너 오빠를 무시하냐?"라고 해서 엄청 놀라웠다고 전해주셨다. 이제 갓 여섯 살밖에 안 된 아이가 이렇게 어휘 하나하나까지도 형들이 쓰는 말투 흉내라 생각을 하니 경이롭기까지 하다.

요즘 이 시대를 살아가는 아이들은 다방면으로 보고 듣는 것이 많아서인지 야무지고 똑똑하다는 생각이다. 예전에 고분고분했던 아이들의 성향과는 너무도 다름을 알 수 있다. 또, 전부는 아니겠지만 독립적이고도 자기주장과 고집이 세다. 본인의 생각이 관철될 때까지 버티기도 하고 좀처럼 수그러들지 않는 경향이 많다.

그러나 이 모든 것들이 다 나쁜 것만은 아닐 것이다. 지금의 교육은 분명한 선을 긋는 교육이다. 아닌 것은 아니라고 분명히 할 것과 옳고 그름을 구별하고 주장을 하도록 가르친다. 그러면서도 예전에는 좀 억누르는 가르침이더라도 고분고분함을 미덕으로 알고 길들여진 옛것들을 떠 올리고는 어느새 순종의 미를 갈구하는 우리 어른들의 모순을 발견하게 된다.

그러기에 부모이자 교육자인 우리들은 시간을 두고서 요즘의 교육과 또한 받아들이는 아이들마다의 각기 다른 성향까지도 살피고 폭넓은 사고로 아이를 대하며 시야를 넓혀 가야 된다는 생각을 골똘히 해본다.

재미있는 에피소드

우리어린이집에는 올해로 네 살이 된 이준서라는 이름의 사내 아이가 있다. 준서는 우리어린이집에서 귀엽기로도, 힘이 세기로도 으뜸, 샘이 많기로도 으뜸, 삐지기로도 으뜸이며 생김새도 코믹스러워 보기만 해도 웃음이 절로 나온다. 설사 미운 행동을 한다. 해도 도저히 미워할 수 없는 사랑스런 아이다.

준서는 2월까지 제일 어린 새싹 1반이었다. 어찌나 샘이 많은지 담임선생님이 다른 아이에게 관심을 보이거나 안아주기라도 하면 몰래 그 아이를 밀어서 다치게 한다든지 때려서 말썽을 일으키는 정말 못 말리는 아이이다.

그런 준서가 3월 신학기에 새싹 2반으로 월반을 했다. 준서는 정든 반을 못 잊었는지 새 교실에 선뜻 발을 들이지 않았다. 선생님에게 심통을 내고, 순간적으로 친구에게 달려들어 상처를 내기도 했다. 눈을 뗄 수 없을 정도로 말썽을 부리는 준서의 행동은 선생님을 힘들고 당황하게 하곤 한다. 틈만 나면 어찌나 친구 모두를 힘이 들게 하는지….

　　사실 같은 반이라고는 하지만 새싹 2반의 친구들은 같은 나이이지만 모두 형님과 누나나 다름이 없다. 모든 친구가 준서보다 생일이 훨씬 빠르기 때문이다. 예전 반에서는 준서가 반 전체를 장악하는 것이 가능했다. 하지만 지금은 준서가 가장 어려서인지 심통을 내기는 해도 형님과 누나 같은 이들이 감당하기가 만만찮은 모양이다. 그래서 준서가 계속 스트레스를 받는듯하니 우리 교사들 모두는 여간 걱정이 아니다.

　　생각 끝에 원장과 교사들은 다시 준서를 원래 반으로 돌려보내기로 결정했다. 그리고 교사는 원장인 나에게 직접 어머니께 말씀드려달라는 부탁을 하여 그러마고 했다.

　　준서 어머니와 만난 자리에서 어렵게 말문을 열었다. 어머니께서는 아이에 대해 잘 알기에 원의 결정에 수긍했다. 하지만 다시 원위치를 한다는 말에 여간 실망스런 표정이 아니었다. 그런 어머니의 모습에 우리 교사들 모두 걱정이 되어 견딜 수가 없었다. 그도 그럴 것이 준서 어머니는 너무도 겸손하고 예의가 반듯하신 분이기 때문이다. 제안을 내놓은 교사들이 오히려 미안하고 송구하여 안절부절 못할 정도였다. 이를 어찌 할꼬….

그 일 이후로 준서 어머니는 매일 각종 간식을 정성껏 준비해 주셨다. 얼마나 정성인지 밤잠을 설치면서까지 계란을 삶아도 그냥 계란도 아닌 맥반석 계란을 삶아다 주시는 등 우리 모든 교사는 매일매일 어머니의 지나친 정성에 감동되어 몸 둘 바가 없어지고 마침 내 다시 회의를 열었다.

결론은 이러했다. 준서가 지금 반에서 그대로 있게 하되 예전과 는 달리 온 정성을 다하여 다른 아이에게 피해가 가지 않도록 잘 살 피자. 그리고 반 이동으로 인해 준서의 마음이 허전하지 않도록 사 랑으로 채우자. 더 사랑하고 예뻐해서 아이가 어서 제자리를 찾을 수 있도록 하는 것만이 정답이며 어머니 마음을 편하게 하는 길이라는 것이라고 결론을 내리고 우리 교사들은 곧 실천에 옮기기로 마음을 먹었다. 매일 매일 틈나는 대로 까꿍도 하고 안아주기도 하고 말을 시키기도 하며 관심을 보이는 등 선생님 모두가 준서의 반응을 서 로 이야기하며 살피기를 근 2주가 되었을 즈음에 준서는 조금씩 심 경에 변화가 생기기 시작한 것 같았다. 그러다가 어느 시점부터는 나 름대로 안정을 찾았는지 웃음을 되찾고 즐거워하는 모습이 역력하였 다. 요즘 새로 맡은 담임선생님은 "전에 없이 사랑의 눈으로 바라보 고 너그러운 맘으로 바라보아서 그런지 아직은 힘들게 해도 마냥 예 뻐 보인다."라며 흐뭇한 미소를 짓는다.

요즘 들어 눈에 띄게 준서가 달라졌음을 우리 모든 교사는 확연히 느낄 수가 있다. 담임선생님도 준서를 더 이해하고 더 관심을 갖게 되었다고 하니 우리 모두는 즐겁고 행복한 원 생활로 돌아갈 수 있게 됐다. 그렇다! 사랑과 관심의 힘이 이렇게 크고 보람이라는 열매를 낳는다는 것을 우리 교사들은 아이와 부모님과 함께 힘을 합하면 된다는 것을 확인하게 되었다.

준서 어머니! 감사드립니다.
어머니께서는 힘든 우리 교사들 마음을 오히려 어루만져 주셨어요.
준서야 화이팅!
우리어린이집 모든 어린이들 화이팅!
우리 모두는 너희들을 언제나 변함없이 사랑하련다.

좋은 인연

인연은 우연한 계기로 인해 만들어진다고 말들을 한다. 그 말은 맞는 말이겠다마는 나의 경우를 봐서 좋은 인연은 그냥 만들어지는 것은 아닌듯하다. 분명히 나 아닌 누군가의 도우심과 내 자신의 마음가짐이 어떠하냐에 따라 좋은 인연이 될 수도 있고 악연이 될 수도 있다는 생각이다.

지금부터 양가의 부모가 우연히 만나 좋은 관계를 유지하다가 필경 에는 사돈이 된 우리 가족의 이야기를 해보려 한다.

근 20여 년 전 그러니까 2000년 7월에 영등포에 있는 모 아파트의 관리동 어린이집을 운영하게 되었다. 때를 같이하여 그해에 이보다 3개월 후인 2000년 10월에 5분 정도의 거리를 두고 새로 지은 아파트 관리동에 어린이집이 또 문을 연다는 소식이 들려 왔다. 그때만 해도 주변이 한산하고 띄엄띄엄 아파트가 들어서기 시작하던 때였으며 고작 주변에는 유치원이 하나가 있었고 어린이집이라고는 우리 포함 두어 군데만 있었던 것으로 알고 있었다. 더구나 나는 서울 태생도 아니고 내가 맡은 일 외에는 매사에 시야가 좁은 탓에 서울

전역은 물론 이곳 역시 주변 환경과 상황들을 갈피를 잡을 수가 없던 차에 같은 일을 하는 동료가 생긴다는 소식에 은근한 기대와 안도감도 생겼다.

나는 처음으로 어린이집을 운영을 시도하는 것이어서 늘, 조심스러움과 두려움이 있었으나 잘 해내고자 무진 애를 쓴 덕분인지 보람도 있었고 나름 만족하였다. 가까이에서 운영을 준비하시던 원장님은 먼저 어린이집운영을 시작한 나에게 가끔씩 운영에 대해서 궁금한 것을 물어 오기도 하고 나 역시도 궁금하던 차에 내부 인테리어를 구경삼아 그곳에 방문도 하였다. 원장님은 알고 보니 나보다 4년 손위이며 조분 조분하시고 친절하셔서 형님으로 기대기도 든든하였다. 우리는 자주는 아니지만 서로 안부를 걱정하는 사이가 되었고, 지금의 사돈, 노 할머니, 그러니까 안사돈의 친정어머니께서 그 당시는 75세쯤이라는 기억과 아울러 키도 크시고 부잣집 귀부인처럼 넉넉한 분으로 기억될 정도로 좋은 느낌이었으며 우리는 차츰 친분이 두터워지기 시작했다.

그런데 내가 어린이집운영을 시작한 지 근 일 년이 되어갈 때의 일이다. 어느 날, 어디선가 심상찮은 전화가 걸려오는 일로 인해서 나는 몹시 혼란에 빠지는 일이 생겼다. 며칠 후 이모라고 하는 중

년 여자 한 분이 나의 어린이집으로 직접 찾아와서는 전, 후 사정 얘기를 하기 시작했다. 애초에 이곳을 조카인 자매가 운영하고 있었으나 원장이던 큰조카가 결혼의 이유로 정리에 들어갔고 계획과는 달리 결혼성사가 안 됨으로 인해서 마음의 상처와 건강을 해칠 위기에 왔다며 다시 운영할 수 있도록 해 달라고…

'이모인 내가 엄마 없이 자매를 키웠으니 선처와 제발 조카딸을 살려 달라'고…

처음에는 너무도 놀라고 마음이 상했다. 한동안 온종일 안절부절못하게 되었고 누군가의 도움이 절실했으나 황당한 일을 당하니 당시는 아무것도 생각이 나지 않았다.

그러던 어느 날 예기치 않게 평소 나의 멘토와 다름없는 절친 원장님의 안부 전화가 걸려왔고 때마침 이 황당한 문제를 심도 있게 상의를 하게 되었다.

이를 계기로 일을 시작한 지 근 일 년 만에 본의 아니게 운영권을 넘겨줘야 했고 나의 맨토 원장님의 적극적인 도움으로 내가 사는 양천구로 돌아와 새롭게 자리 잡게 되었다.

난, 지금까지도 견디기 힘들고 난감할 때 도와주시고 문제를 해결해주신 나의 고마운 맨토 원장님을 잊을 수 없다. 나는 이 일이 있은 후로는 세상을 살면서 많은 것을 느끼고 배우는 바가 컸다.

'어려울 때 도움을 줄 수 있는 사람은 복 있는 사람이다.'라고 확신하기에, 차츰 그동안 내가 겪었던 본의 아니게 운영권을 넘겨줘야 했던 황당하고도 억울한 일로 맘이 상했던 일마저도 그들에게 도움이 되었다는 생각을 하니 참 잘한 일이라는 생각과 아울러 축복을 빌어줘야 한다는 생각마저 들었다.

이곳 양천구에 온 해는 2001년도이다. 몇 년을 열심히 정말 열심히 운영에 힘을 쏟았다. 마침내 2008년도에는 보육정책에 평가인증이라는 인증제도가 도입되어 양천구에서 여덟 번째로 통과를 했다. 이듬해에는 서울 형 어린이집을 통과하게 되었으며 2014년 초에는 다시 심의를 거쳐 국공립어린이집의 원장이 되었다.

나는 살면서 두고두고 깨달은 것이 있다. 우리 인생들은 한 치 앞을 내다볼 수 없다. 그동안 되어진 일을 살펴볼 때 나와 우리의 생각과 행동을 살피시는 전능자이신 그분의 생각과 계획은 상상을 초월한다는 것을…

언제 무슨 일을 행하든 내 유익만을 생각하지 않고 선한 마음을 가지면 적절한 시기에 반드시 억울함을 복으로 갚아주신다는 것을 확신하고 믿기에 지금도 내 맘속에 늘 되뇌이고 중얼거리곤 한다.

'언제나 선한 끝은 꼭 있어…'
말 그대로 모든 것이 전화위복이 된 것이다.

지금 생각을 해보면 당시 양천구인 나의 어린이집이 먼저 평가인증을 통과한 덕에 영등포 주변의 또 다른 어린이집 원장님들께 당시 나의 어린이집을 개방하여 어느 정도 감을 잡도록 한 것이 나름 많은 도움이 되었다고 하니 자부심을 느낀다.

이처럼 우리 두 가정은 서로 몸은 떨어져 있으나 꾸준한 소통이 이어져가며 친분이 쌓여가고, 원장님의 아들과 나의 딸도 평생을 동행하는 좋은 관계를 맺기에 이르렀다. 이리하여 주변 원장님들과 일가친척들의 축복 속에 2012년 아름다운 가을날!
마침내 양가 자녀들은 결혼식을 올렸다.

그 후 시간이 흐르다 보니 마침내 우리는 손자와 손녀를 둔 행복한 할미들이 되었다. 그리고는 어느 날, 비로소 나의 국공립의 원장직에서 물러날 날이 차츰 가까웠다는 소식을 아시고 안사돈께서 운영하시는 지금의 어린이집은 민간이기에 정년과 관계가 없으니 운영을 도와 달라는 간곡히 부탁하셨다. 연세가 높아 언제 하늘의 부름을 받을지 모를 친정어머니를 수발을 들어야 한다고… 나중에라도 후회하면 안 될 듯하다고… 지금이 아니면 기회가 없을 듯하다고…

너무도 간곡한 부탁 말씀에 순응하기로 마음을 먹고 국공립어린이집에서 명예로운 정년 퇴임한 후 1년 넘게 이곳에서 어린이집운영을 하고 있다. 적어도 나에게 맡겨진 일은 최선을 다하여 기대에 부응해야 한다는 생각과 함께…

그 당시 75세였던 노 할머니! 우리들의 모친, 후덕하신 분! 지금의 연세는 97세라고…

부디 모친께서 이 세상에 계시는 날까지 건강을 유지하시다가 하늘의 부르심이 있을 때까지 행복한 삶이 되시길 두 손 모아기도하련다. 인연이란 이리도 아름다운 열매를 맺을 수 있기에 우리들의 삶을 좋은 인연이라고 말하는 것이 아닐까?

내게는 올해가 최고의 해였다

2016년 3월, 서울시가 보육나누미 연대를 발족하였다. 그것은 앞으로 인구감소로 인해 야기될 문제들을 우려하여 저출산 저변 확대를 위한 창작동요가사공모를 실시하게 되었다. 일단 가사에 입상하면 주최 측에서는 그 입상한 가사로 작곡을 하여 각각의 원으로 보내지고 다시 선정하여 통과하면 영등포 당산동에 있는 TCC 아트홀에서 경연대회에 참가할 수 있다는 내용의 전갈을 받았다.

우리원은 놀랍게도 제 때에 합격의 소식을 알지 못했다. 이미 합격자 발표를 했으며 주최 측에서 연락을 취했음에도 교직원들의 소통의 부재로 인해 몇 개월을 허송세월을 보냈다. 이유인즉 애초 발표가 난다는 달보다 2개월을 앞당겨서 발표했기에 그냥 지나쳤던 것이다. 다행히도 가까스로 알게 되어 당황하게 되고 무슨 일이건 서로 소통과 빠른 비상연락에 소홀하게 되면 이토록 엄청난 오류가 있을 수 있음을 깨닫는 계기가 되었고 동시에 서둘러서 미비 된 서류들을 신속히 만들어 보내니, 주최 측에서 쾌히 받아 주었다. 이유야 어찌 됐든 거두절미하고 공모에 합격했다는 것에는 변함이 없음에 대만족이었다.

우리어린이집에서는 '가족사랑'이라는 제목으로 입상을 하여 마침내 본선 진출을 따내는 기쁨도 누리게 되었다. 나와 우리 교사들은 많이 늦은 감은 있었으나 생기발랄하게 하루하루를 즐기며 신나게 연습을 시작하였다. 아이들까지도 분위기에 휩싸여서인지 모두들떠 있지만 생각대로 움직여주지 않아도 우리는 서로 격려하며 하루하루가 잔치 분위기였다. 이미 다른 원은 7월부터 10월인 지금까지 연습에 들어갔을 텐데 근 3개월이 늦은 걸 알기에 식사시간 외에는 거의 율동과 균형 있는 분위기를 만들기에 몰두하게 되었다. 우리는 신나면서도 하루하루가 흥분의 도가니였다

연습하는 도중 많은 전략을 세우지 않으면 안 됨을 깨닫게 되고 평소에 친분이 있는 업체의 사장님을 만나 상의 끝에 나름 좋은 생각을 하게 되었다. 이번 경연대회에는 아이들이 다른 곳에 비해 비록 어려서 실력이 좀 딸려도 준비성을 보고 감동을 받도록 머리부터 발끝까지 완벽하게 성의를 보여줄 필요가 있음을 결론으로 내렸고 즉시 실행에 들어갔다.

신발(흰 실내화)은 각자 아이의 발 크기에 맞추려니 문방구마다

여기저기 찾아다니며 구하였고 의상은 위아래 색 맞춤(청색 위아래) 흰 블라우스가 달린 거에 빨간 리본으로 마무리까지 세트로 된 정장을 고르고 또 골랐다. 그리하여 대여 값으로 싸게 사는 대신 톡톡히 대가를 치러야 했다. 몇 날 며칠을 구겨진 옷을 다리고 실밥 풀린 것은 꿰매고 긴 것은 줄이고 하여 제법 만족하게 작품이 나왔다. 이번 일을 하면서 어릴 적 내 아이들에게 옷을 만들어 입히곤 했던 일이 주마등처럼 떠오르게 되었고 그때의 열정과 사랑을 생각하며 이 일들을 즐기는 계기를 맛보게 된 것이 이루 표현할 수 없을 만큼 기뻤다.

마침내 11월 29일 경연대회가 열렸다. 20군데의 경연 팀과 겨루는데 한 원당 보통 6~7세의 아이가 근 30명 정도의 아이들이 출전하였다. 우리 원의 아이들은 전체 인원에 비해서 어린반이 많은 편이기에 고작 4세부터 7세까지 총 14명이라 너무도 간단하지만 양 끝에 선생님도 끼고 차림이 완벽에 가까울 정도로 깔맞춤이라 그런지 장내가 숙연할 정도였다. 시작 전부터 특이한 모습이라 사회자도 융숭하게 소개를 해 주었다. 금방 박수라도 나올듯한 분위기였다.

20군데의 경연을 마치고 발표를 기다리는데 500여 명이 모인 자리라 복잡도하고 발표가 늦어지게 되니 장내가 몹시 어수선하였다. 능력 있고 달변가인 보육 연대 전국 회장님도 전전긍긍하게 되었다. 이때 떠오르는 것이 있었다. 그간 아이들을 위해 나름 노력하고 준비한 것을 이런 때 사용하는 것이 옳다는 생각이 반짝 들었다.

힘들어하는 회장님께 살짝 운을 띠웠다. "회장님, 시간을 좀 벌어야겠지요? 제가 시 낭송을 하나 할까요?" 그렇잖아도 난감해 하던 터라 그런지 다행인 듯 허락하게 되었고, 나는 가능한 지루하지 않게 하면서도 시간을 끌기 위해서 인사말도 잊지 않았다. "여러분, 안녕하세요. 저는 양천구에서 어린이집을 운영하는 원장 최정옥입니다. 오늘! 행복한 날! 여러 학부모님들과 아이들을 만나게 된 것을 아주 기쁘고 영광으로 생각합니다. 지루하게 생각 마시고 즐거운 마음으로 끝까지 행복한 시간이 되시기를 바랍니다. 기다리는 동안에 제가 시를 하나 낭송해도 되겠습니까?" 이 말을 듣던 학부모님들과 장내에 계신 많은 분이 박수를 아끼지 않았다.

이날의 낭송은 좀 긴 것일수록 좋을 것이고 대중성이 있어야 하겠기에 윤선도의 '오우가'를 낭송하였다. 곧이어 재치 있는 교사를 선정하여 아이들에게 노래와 간단한 율동으로 안정을 찾았고, 대체로 매끄럽게 대회는 끝을 맺게 되었다. 앞줄에 앉아 있던 우리 학부모님들도 모두 신이 난 듯이 박수를 아끼지 않았다. 그래서 더욱이 기뻤다. 이날 창작 작사상은 물론이고 창작동요제(가족사랑) 상까지 융숭하게 받았다.

2016년 11월 29일! 이날의 "창작동요제"는 평생에 잊지 못할 날이 될 것이다.

야곱의 삶을
닮은 자신감

김철교(시인, 평론가)

해설

야곱의 삶을 닮은 자신감
- 최정옥 작가의 첫 수필집을 읽고

김철교(시인, 평론가)

1. 들어가며

최정옥 작가의 첫 수필집은, 한마디로 요약한다면, 따뜻한 가족사를 중심으로 한 일종의 자서전이다. 필자는 양천문인협회에서 맺은 인연으로 이 글을 쓰게 되었는데, 찬찬히 읽으면서 나의 삶을 되돌아보는 좋은 계기가 되었다.

이런저런 수필 쓰기의 안내가 있지만, 무엇보다 수필은 작가의 진솔한 마음이 전해져야 한다. 최정옥 작가의 수필을 읽어 가면서 이러한 진정성을 느낄 수 있어 좋았다.

어느 예술작품이나 마찬가지이겠지만, 특히 수필은 작가 삶의 흔적들을 가장 많이 담고 있기에 작가의 고유한 향기가 배어있다. 인간은 누구나 무의식의 영향을 받고 있기 때문이다.

작가는 글을 씀으로써 치유를 받기 때문에, 작품 하나하나가

가장 좋은 상담실 현장의 기록인 셈이다. 심리상담에 있어서 기본 틀은, 내담자로 하여금 모든 것을 이야기하도록 하고, 공감해주는 과정을 통해 치유를 받는다. 글을 쓰는 사람이 행복한 이유는 글을 씀으로서 카타르시스를 경험하게 되어 평안을 얻게 된다. 특히, 최정옥 작가의 작품에서 이러한 흔적들을 많이 찾아볼 수 있어 좋았다.

"언제나 글을 쓸 때는 나만의 외롭고 힘겨웠던 기억을, 가슴의 응어리들을, 자주 눈물로 쏟아내곤 한다. 한바탕 눈물 콧물을 흘린 후에는 마음이 안정되고 평온함이 찾아옴을 느끼곤 한다."(거룩한 수치심)

최정옥 작가의 이번 수필집을 읽으며 한평생을 뭉뚱그린 삶의 모습 혹은 인생관을 요약해보면, 첫째, 신앙심에 의거하여, 어떤 어려운 환경에서도 끝없이 도전하고 노력하여 결국 극복해냈다. 경제적으로도 어려운 환경에서, 아버님이 일찍 돌아가셨지만, 많은 자식을 반듯하게 길러낸 어머니의 힘은 기도에 있었다. 이를 유산으로 물려받은 작가의 긍정적이며 도전적인 삶의 자세는 어떠한 어려움도 신앙심으로 능히 견뎌내고 있다.

둘째, 감성이 풍부하여 글쓰기는 물론 시 낭송에 열정을 가지고 있으며, 따뜻한 사랑의 눈물이 넘쳐난다. 동기간 사랑과 부부간의 사랑이 유난하고, 두 딸과 손자 손녀에 대한 애정이 글의 행간에 가득하다.

셋째, 아동들을 끝없이 사랑하는 마음으로 어린이집을 운영하고 있기 때문에, 말년까지 아이들과 함께하는 행복을 누리고 있다.

넷째, 말년에 수필과 시를 써서 과거 어려운 시절의 응어리를 행복의 근원으로 삼으려는 각오가 참으로 대단하다. 작가가 한평생 열정적으로 살아온 결과가 아닐까 싶다.

최정옥 작가의 글 속에서 삶의 발자국에 담긴 향기를 따라가 보자.

2. 가시밭길을 이겨낸 족적

제1편에는 결혼 전 성장기를 중심으로 한, 가족사를 적나라하게 보여주고 있어 독자에게 감동을 주기에 조금도 부족함이 없겠다. 특히, 단단한 신앙에 기반한 친정 어머님의 희생적이고 긍정적인 삶의 자세는 우리 모두의 본보기가 되기에 조금도 부족함이 없다. 그 결과, 큰오빠는 법원 공무원, 둘째는 우체국공무원, 셋째와 넷째는 미국에서 유통업과 인테리어 사업으로 크게 성공하였고, 다섯째는 서울대 수의학과를 나와 연구원으로, 작가 자신은 어린이집 원장이 되

었다. 막내딸의 시각에서 본 입지전적인 가족사가 세밀하게 소개되고 있다.

"하나님은 과부의 기도를 제일 먼저 들어주신다고 성경에서 말씀하셨듯이 우리 육 남매를 성공적인 삶으로 이끌어주신 것은 항상 뒤에서 전능자이신 하나님께 의지하고 긴박한 심정을 오로지 눈물로 간구할 수밖에 없었던 어머니의 기도 능력이라는 것을 우리 형제들 모두는 너무도 잘 알고 있다."(개척자의 삶)

최정옥 작가는 항상 젊은 자세로 글을 쓰면서 말년을 보내고 있다. 친정과 시댁이 모두 신앙심이 깊은 환경에서, 어떤 어려움도 극복해내고 있는 모습을 통해 구약성서의 야곱의 삶을 떠올리게 된다.

"딸 아이 둘을 다 결혼을 시키고 손자가 다섯이 되었지만, 아직도 내가 할머니라는 말이 자연스럽지 않은 것은 아마도 아직은 젊음이 남아있다는 것이 아닐까 하며 스스로 위로도 해본다. 열심히 시도 쓰고 수필도 쓰리라."(아름다운 삶을 위하여)

3. 다정다감한 결혼 후 삶

제2편에서는 시어머니와 관계를 잘 극복하여 가정을 행복의 샘으로 만들고 있는 며느리의 모습이 독자에게 잔잔한 미소를 건넨다. 최정옥 작가는 성격이 급하시고 괄괄하셔서 '왈가닥 삐삐'가 생각나는 시어머니를 모시고 있는 9남매의 장남 며느리다. 시어머니는 아무것도 모르는 며느리를, 살림 맛을 아는 주부로 바꾸어 놓으셨다. "억지로 지는 십자가도 복이 된다고 주님이 말씀하셨지, 기쁘고, 감사하자." 스스로 자신을 다독이며 좋은 며느리가 되어가는 과정이 진솔하게 묘사되어 있지만, 그 행간의 어려움도 능히 짐작된다. 특히 다음 묘사를 통해 두 분의 정겨운 관계를 상상할 수 있다.

"어머니를 학부모님으로 생각하고는 의자에 앉히고서 내빈들께 드릴 인사연습을 하곤 하였다. '어머니 여기 보시고요, 제가 부모님들께 인사말을 잘하나 못하나 잘 들으시고 평가해 주세요. 아셨지요?' '알았어 어여 해 봐라.' 어머니는 신이 난 듯이 귀를 기울이신다."(시어머니)

최정옥 작가는 자식들에게도 좋은 거울이 되고 있다. 〈부모 거울이 되려면 어떻게 할 것인가〉에는 작가의 인생관과 그 실천현장이

요약되어 있다. 아이들이 살아가다가 순간순간 어떻게 살아가야 할지 모를 때, 부모를 쳐다보고 삶의 지혜를 얻을 수 있는 자녀들은 행복할 수밖에 없다.

첫째, 자신감을 가지라고 한다. 아이들이 "엄마는 도대체 어디서 그런 자신감이 나오는 거야?" 묻는 것을 보면 능히 그 자신감 가득한 삶을 엿볼 수 있다.

둘째, 감성을 가져야 한다는 것이다. 감성이 풍부한 작가 자신이 시를 쓰고 낭송하며, 수필을 쓰기를 통해 남다른 행복을 발견하고 있다.

셋째, 끈질긴 열정을 가지라고 조언한다. "나는 나의 마음속에서 하고 싶은 일이 생기면 설사 내 재주나 실력은 없더라고 온통 그 일에 빠져드는 끈질긴 성격을 갖고 있다"라고 고백한다.

넷째, 맡은 일을 즐기면 행복하다. 그 결과로 작가는 20년을 넘게 어린이를 돌보는 어린이집 운영자가 되었다.

다섯째, '봉사하고 살자'라는 모범을 보이고 있다. 작가는 자신의 특성을 잘 살려, 시각장애인협회에서 녹음 낭독 봉사를 함으로써 큰 보람을 느끼고 있다.

4. 신앙의 힘

　제3부에서는 어머님으로부터 내려온 믿음의 힘이 어떤 열매를 가져다주는지를 세심한 감성으로 보여주고 있다. 시댁도 친정도 모두 신실한 믿음의 가정이어서 비록 어린 시절에는 여러 가지 어려움을 겪었지만, 지금은 다복한 삶을 살고 있다.

　성경 필사와 성경 완독을 통해 물려받은 신앙심을 더욱 다독임은 물론 글쓰기의 훈련도 받은 셈이다. 이제 동화구연가도 되었고 어린이집 원장으로 근무하면서, 사회복지대학원도 다녔던 에피소드가 자상하게 묘사되어 있다.

　최정옥 작가의 성격을 한마디 요약하면, "무슨 일이든 결정만 하면 신속한 준비와 실행을 하고는 그 되어진 일에 대해서 오래 고민하고 생각하는 것을 싫어하는 성격이다."(우리 가족 만세). 매사에 믿음을 가지고 추진력을 발휘하면서, 하나님께서 좋은 열매로 보답해 주신다는 것을 평생 체험하고 있다.

　네 번째 성경 완독에 도전하던 때의 에피소드를 소개하면서, "나는, 성경에서 나오는 야곱보다도 훨씬 더 약고 못된 구석이 많았던 부끄러운 사람이지만, 나름으로 열심히 살고 노력을 하니 능력은 안 되어도 되게 하시고 불쌍해서 도와주시고 함께 해 주셔서 과분할 정도로 복 있게 하셨다."(성경을 읽게 된 동기) 고백한다.

구약에서 야곱은 흠도 많고 약삭빠르기도 하지만, 하나님께서 훈련을 통해 믿음의 본이 되게 하셨다. 야곱이 죽을 때 자식들을 모아놓고 '하나님께서 훈련을 통해 지금의 내가 있게 하셨다.'는 고백을 하게 된다. 최정옥 작가의 고백도 이와 다름이 없다. 우리는 흠도 많고 착하지도 못하지만 하나님께 의지하면 세상 축복도 듬뿍 주신다는 체험의 기록이다.

작가가 성경 필사를 시작하면서 하는 기도가 있다. "하나님 말씀의 글을 은혜로 다 마치면 좋은 글을 쓸 수 있도록 영감을 주세요. 그래서 저의 글을 읽는 독자들에게 감동되고 유익한 글을 쓰도록 도와주세요."(행복의 근원)

우리가 시나 수필을 배울 때, 좋은 작품을 필사하면서 많은 것을 터득하게 된다. 최정옥 작가는 성경 필사를 통해 신앙심도 돈독해지고, 글쓰기에도 많은 도움을 받았을 것이다. 게다가 영육 간의 건강까지 챙긴 셈이니 이 얼마나 큰 축복인가.

"요즘은 내가 스스로 느낀다. 몇 년 동안 하루도 빠짐없이 말씀에 취해서 살다 보니 평소에 어깨와 팔의 힘이 부실해서 거의 매일 파스를 붙이고 다녔는데 신기하게도 지금은 손에 악력이 생겼고 팔이 결리는 불편함이 없으니 성경 말씀의 능력이 분명하다고 믿는다.

몸과 마음의 건강이 회복한 것이다. 그러기에 행복의 근원은 마음에서 우러나오고 몸으로 전달되는 견인력이 있다는 것을 알게 되었다"(행복의 근원)

최정옥 작가는 교회에서 성가대원으로서 봉사하고 있다. 남편도 성가대원이다. "가끔씩 성가대 맨 뒤 줄에 앉아 있는 남편은 찬양할 때 아니면 목사님의 설교 때 감동이 온다 싶으면 영락없이 내가 눈물을 훔치는 통에 부끄럽다고 주의를 주곤 했었다."(충만한 회복의 기쁨). 감성 덩어리인 작가가 얼마나 예배에 몰두하고 있는가 하는 사실을 능히 짐작할 수 있다.

5. 어린이집 원장으로서의 삶

국공립어린이집 원장으로 정년 퇴임하고 민간어린이집으로 옮겨 계속 일하게 된 과정을 그리고 있다. "내가 평생을 사랑하는 아이들과 함께하는 일을 하고 또 아름다운 생의 마무리 단계까지 일할 수 있게 된 것에 대하여는 자부심이자 더 바랄 것이 없다고 자신 있게 말할 수 있겠다."(긍정은 축복)라고 고백하고 있다. 우리가 직장에 다니는 이유는 단지 경제적인 문제뿐만은 아니다. 일 자체에서 보람도 느낄 수 있어야 한다.

〈어느 지나친 자식 사랑〉에서 어린아이들의 문제에 얽힌 부모들과의 관계를 잘 풀어가는 사례를 보여주고 있다. 요즘 학교폭력이 문제가 되고 있다. 어린이집에서도 성격이 제각각인 아이들이 모여 있다 보니 다른 친구에게 피해를 입히는 어린이와 피해를 당하는 어린이가 있게 마련이다. 특히 항상 피해를 당하는 쪽인 순한 아이의 엄마는 분통이 터질 일이겠다. 이를 어떻게 잘 다독이느냐가 어린이집 선생님들의 어려움이겠다. 이를 잘 극복해나가고 있는 모습이 고스란히 담겨 있다.

'재미있는 에피소드'에서는 부모와 선생님의 노력으로 네 살짜리 사내아이의 달라지는 모습을 그렸다. "사랑과 관심의 힘이 이렇게 크고 보람이라는 열매를 낳는다는 것을 우리 교사들은 아이와 부모님과 함께 힘을 합하면 된다는 것을 확인하게 되었다."

6. 맺으며

70여 년 전 우리나라 경제도 어려웠고, 특히 매우 쪼들리는 환경에서 최정옥 작가는 다섯 명의 오빠가 있는 막내 외동딸로 자랐다. 어머님의 기도와 헌신으로 이제는 누구에게나 자랑할 만한 가족사를 내밀하게 그려내고 있다.

시댁에는 구 남매가 있는데, 다섯째가 남편이고 장남. 장남 며느리가 된 최정옥 작가가 가족 간의 사랑을 잘 추스르고 다독이는 자상함이 넘친다. 이 수필을 읽으면서 가족 간의 사랑을 다시 한번 깊이 생각하게 되었다.

첫 수필집인 만큼 다소 매끄럽지 못한 부분이 있으나 행간에 가득한 진정성으로 능히 극복될 수 있겠다. 화장한 얼굴보다도 맨 얼굴에서 그 사람의 참모습을 볼 수 있듯이 오히려 조금은 거칠지만 진솔한 문장이 더 감동을 주고 있다.